초속 5센티미터

*the novel*

## 5 Centimeters Per Second the novel

**일러두기**

등장인물, 지명 등 고유명사의 표기법은 영화 대본을 기준으로 하였으며
그 외 외래어 표기는 국립국어원의 외래어 표기법을 따랐습니다.

# 초속 5센티미터

*the novel*

신카이 마코토 원작 · 스즈키 아야코 지음

민경욱 옮김

대원씨아이

# 차례

이를테면, 벚꽃 잎, 여름 밤하늘, 전선 위에 걸린 달,

도심에 내리는 눈, 열차 건널목, 플랫폼, 송전탑…….

언제 어디서나 그 무렵의 기운을 찾는다.

몸이 더 자라고, 더 빨리 어른이 되면

틀림없이 이 세계를 알게 될 거야.

살아온 시간만큼 틀림없이 어딘가에 도달해 있을 거야.

그 생각을 멈춘 건 언제부터였을까.

예전에는 그토록 믿었던 이 세계를.

# 제1장

이 일은 나에게 맞다.

입사하고 나서 얼마 지나지 않았을 때부터 그렇게 생각했던 것 같다.

취업 빙하기라고 불리는 세대였는데 운 좋게 니시신주쿠의 소프트웨어 개발 회사에 들어갔다. 명함에 새겨진 '프로그래머 토노 타카키'라는 직함이 나를 여기에 묶어 놓아 일하기 시작한 지 7년이 되었다.

마천루의 고층 여기저기에서 키보드 두드리는 소리가 끊이지 않고 울린다. 이따금 들리는 누군가의 혀 차는 소리, 다리 떠는 소리, 껌 씹는 소리……. 이 모든 잡음을 프로그램 코드를 치는 리듬이 흡수한다.

컴퓨터 화면에 늘어선 무수한 코드 속에는 아직 아무도 도달하지 못한 풀이가 숨어 있는 듯해서 그 해답을 찾으려고 시행착오를 되풀이하는 작업이 내 성격에 맞았다.

시야에는 나를 빙 둘러 감싸고 있는 모니터만 들어올 뿐이다. 다른 모든 게 멀어진 이 좁고 조용한 세계 역시 내 기질에 깊숙이 스며들었다.

7년 동안 상사가 바뀌고 부서 개편도 있었으나 일상은 그리 변한 게 없다. 아침 9시 반에 출근하고 밤 10시가 넘어 퇴근한다. 막차에 흔들릴 때도 있다. 주말이면 늘 한낮이 되도록 자고, 일어나면 또 코드를 쓴다.

사회인이 되고 난 뒤의 시간은 요일이나 계절이 아니라 업무 마감이라는 한 점에 맞춰 흘러갔다.

"또 에러야. 몇 번이나 고쳐야 하죠?"

"끝날 때까지."

양옆에서 같은 팀인 오노와 사카이 씨의 목소리가 들린다. 대화라기보다 혼잣말로 하는 맞장구에 가깝다. 다 아는 일을 굳이 내뱉어 서로 허공에 던지고 있다.

둘 사이에 앉은 나는 이어폰을 끼고 그것들을 흘려 버린다.

음악은 흐르지 않는다. 그저 귀를 막아 '들리지 않는 사람'으로서 여기에 있다. 이것만으로 누군가와의 불필요한 대화로부터 벗어날 수 있다.

주위 사람들도 이 사실을 잘 알고 있을 것이다. 아무도 내게 혼잣말을 던지지 않는다.

"마감이 또 당겨졌어."

팀장 토다 씨가 돌아와 피곤한 목소리로 말했다.

"무리라고요."

"설마 사양 변경은 없겠죠?"

"같이 점심 먹으면서 얘기하지."

저들은 이 자리에서 끝낼 수 있는 이야기를 툭하면 밖으로 가져간다.

점심을 먹으면서. 담배를 피우면서. 술을 마시면서. 종국에는 골프를 치면서.

즉, 토다 씨의 '같이 얘기하자'는 말은 필요 없는 대화를 나누는 시간이 된다는 소리다. 정보 공유라기보다 분위기 조정이랄까.

나는 그런 대화가 힘들다.

토다 씨의 말을 들은 사카이 씨가 자리에서 일어나면서 순간 이쪽을 봤다는 걸 알고 있다.

모르는 척하고 화면에서 눈을 떼지도 손을 멈추지도 않았다.

"일단 토노는 됐어."

토다 씨가 방해하면 안 된다는 얼굴로 사카이 씨를 말렸다.

토다 씨는 누구와도 잘 지내는 사람이다. 분위기를 파악해 부딪히지 않고 어중간한 지점에서 멈춘다. 어쩌면 리더의 유연함일는지 모른다. 그러나 그런 행동은 자기주장의 설득력을 없애는 짓이라고 생각한다.

나보다 선배인 사카이 씨는 투덜대면서도 명령을 거스르지 않는다. 그는 상사를 따르면서 후배를 지도한다. 사제 관계를 좋아하는 그로서는 후배답게 행동하지 않는 내가 다루기 힘든 존재일 것이다. 대놓고 마찰을 일으키지는 않으나 관계를 거의 맺지 않으려 하니까 말이다.

후배인 오노도 마찬가지다. "아뇨, 무리예요." 하고 투덜대면서 키보드를 두드리고 의자를 끄는 움직임이 요란하다. 필요 이상으로 소리를 내는 느낌이 살짝 드는데 일부러 그러는 것 같았다.

팀원들을 피하는 건 아니다.

그저 거리를 두는 게 일하기 편했다.

점심시간의 잡담, 불평, 소문. 다른 이들의 대화 속에 넘치는 뜻밖의 열량을 헤아릴 도리가 없다. 그 압력에 스멀스멀 십중팔구 떨어지는 김각이 너무나 힘들었다.

이어폰은 그런 열을 막기 위한 사소한 방벽이다. 음악을 틀지 않고 이어폰을 끼고만 있어도 어쩐지 보호받는 느낌이 들었다.

지금 하는 프로젝트가 끝나면 다음 안건이 시작된다. 그럼 지금 팀은 해산되고 개편되므로 관계는 그걸로 끝이다.

그렇기에 내 역할을 다하는 데에 우선순위를 두는 것이다. 그게 이 자리에서 할 수 있는 가장 큰 공헌이라고 생각한다.


층을 벗어나는 세 사람의 목소리가 이어폰에 감기듯 들려왔다.

"그 시계는 뭐야?"

"보너스로 샀어요."

"시계 가격에 못 따라가잖아."

"아뇨, 금방 따라잡을 거예요. 사카이 선배가 시계 사라면서요? 무슨 시계를 차는지가 그 사람의 급을 결정한다고."

"손목시계는 말이야. 명함 대신이야."

"그래서 롤렉스는 포기했어요. 사카이 선배랑 겹치잖아요."

웃음소리가 터져 올랐다.

—한심해.

잡담이니까 좀 한심해도 괜찮다. 그 정도는 안다. 그럼에도 왠지 가슴속이 차갑게 식는다.

옛날에는 이런 얘기에 별생각 없이 웃었던 것 같다. 별거 아닌 얘기를 별생각 없이 주고받으며 그저 그곳에 있을 수 있었다. 의미 없는 시간을 낭비가 아닌 정겨움이라고 생각했다.

그렇지만 지금은 더 이상 그런 감각을 찾을 수 없다.

이런 게 성장일까. 아니면 그 어떤 것도 느끼지 못하게 된 걸까.

나도 잘 모르겠다.

책상 서랍에서 젤리 음료를 꺼내 단숨에 마신다. 목도 축여지지 않고 배도 차지 않는다. 방금 목을 통과했는데 오히려 목이 마른 것 같다.

그대로 일어나 흡연실로 가려고 했다.

문으로 가는 도중에 문득 시선이 느껴져 고개를 든다. 하나 건너 옆, 데스크로 이루어진 섬에 앉은 미즈노 리사와 눈이 마주쳤다. 테가 가는 안경에 감색 재킷. 주위의 기운을 흩트리지 않는 조용한 태도는 언제나 변함이 없다. 그녀는 안경 속에서 눈을 한 번 깜빡이고 살짝 고개를 흔들었다.

인사라고 하기에는 너무나 사소하고 작은 움직임이었다.

나도 입가를 살짝 올려 응했다.


오노의 휴대 전화에서 알람이 울렸다.

아침부터 끊임없이 울리던 타자 소리가 그 음을 신호로 뚝 끊긴다. 몇몇이 거의 동시에 고개를 들었다.

"8시입니다. 이동해 주세요."

오노가 일어나 양손을 메가폰처럼 만들고 목소리를 높였다.

그 순간 층 전체를 덮고 있던 긴장의 막이 조금씩 풀리는 게 느껴졌다.

보통 이 시간에 퇴근하는 사람은 드물다. 하지만 오늘은 다르다.

"저는 간사라 먼저 가겠습니다."

오노는 가방 지퍼를 잽싸게 닫고 종종걸음으로 나갔다.

화이트보드에는 빨간 마커로 '쿠보타 부장 환영회 @아오야마 21시'라고 크게 적혀 있다.

"다들 늦지 않도록. 자, 이동! 이동! 부장님 오시겠어."

토다 씨가 손뼉을 치며 층 전체를 향해 말한다.

나는 이어폰을 한쪽만 빼고 옆자리의 사카이 씨에게 말을 걸었다.

"선배 프로그램에 테스트를 걸었는데 에러가 떠요."

사카이 씨는 살짝 얼굴을 찌푸렸다. '지금 그런 말이 나와?' 하는 얼굴이다.

"알아. 내일 할게."

그 말의 뉘앙스에 내가 알아서 할 테니까 참견하지 말라는 압력이 깔려 있다.

그러나 솔직한 심정으로는 내일까지 기다리지 않고 이 자리에서 당장 코드를 수정하고 싶었다.

"오늘은 여기까지. 자, 종료!"

내가 입을 떼기 전에 토다 씨가 대화를 중단시켰다.

"알겠습니다." 그렇게만 대답하고 시선을 떨군다.

토다 씨는 내 어깨를 가볍게 두드리고는 사카이 씨를 데리고 자리를 떴다.

그 움직임이 "너도 얼른 와."인지, "나머지는 맡길게."인지 판단이 서지 않았다. 그러나 어느 쪽이 됐든 나는 자리를 지키기로 했다.

환영회 시간을 신경 쓰기보다는 지금 해야 할 일을 끝내는 게 먼저다.

오늘 모임의 주인공은 틀림없이 그렇게 말할 것임을 알고 있다.

인파가 빠진 층 전체가 갑자기 더 넓게 느껴졌다.

이어폰을 빼서 서랍에 쓱 넣는다. 아무도 없다고 생각했는데 어디선가 아주 작게 타이핑 소리가 이어지고 있다.

돌아보니 리사가 여전히 일을 하고 있다.

방해가 되지 않도록 다시 고개를 돌리고 화면을 바라본다.

그때 뒤에서 소리가 났다.

"어이, 오랜만이네! 토노."

쿠보타 씨였다. 넥타이를 느슨하게 풀고 웃는지 아닌지 모를 미묘한 표정을 지으며 다가온다. 아침부터 자리에 없었던 걸로 보아 부임 첫날부터 외부 거래처를 돌아다녔을 것이다.

"오랜만입니다."

"함께 일하는 게 몇 년 만이지?"

"아……, 5년 만입니다."

새로 부임한 쿠보타 쿠니히코 씨는 예전 상사다. 내가 사회에 나와 처음으로 배정된 부서의 첫 상사였다.

시원시원한 말투에 허허실실한 태도. 관리직으로서의 수

완은 놀랄 만큼 정확하고 주저함이 없다. 부하의 움직임을 바로 파악해 거침없이 역할을 나눈다. 결단이 빠르고 지시는 흔들림이 없다. 결과만 나오면 그 외에는 아무것도 신경 쓰지 않는다. 누구에게나 똑같은 속도와 온도로 말한다. 이런 점이 힘들다는 사람도 있었는데, 도리어 나는 안심이 되었다.

늘 변함없는 것만으로도 신뢰할 수 있는 사람이라고 생각했다.

예측 불능의 사태가 속속 발생하는 업무에도 불구하고 한결같은 쿠보타 씨의 모습에서 조용한 의지 같은 게 느껴졌다.

"토노, 밥 먹었어?"

인사 대신 건네는 말도 5년 전과 다름이 없다. 아침이든 저녁이든 얼굴을 보면 반드시 그렇게 묻는다.

나도 똑같이 대답한다.

"네."

"토노, 나이가 어떻게 됐지?"

"스물아홉입니다."

"그렇다면 말이야."

무슨 말을 하려다가 쿠보타 씨의 시선이 내 모니터로 옮겨 왔다.

코드를 빠르게 훑는다.

나는 그가 어디를 보고 있는지 가늠하면서 조용히 그 시선이 멎기를 기다렸다.

"토노는 무풍이지."

입사한 지 2년이 되었을 때 술에 취한 쿠보타 씨가 회식 자리에서 한 말이다.

다른 부하에게는 '태풍을 불러오는 바위'라거나 '산들바람 마음'이라는 식의 묘한 별명을 지어 주고 나에게는 '무풍'이라는 개성 없는 평가를 내리자, 주위 사람들이 어색하게 웃었다.

그러나 나는 칭찬을 받은 것 같았다.

바람이 불지 않는다는 게 흔들리지 않는다는 의미로 들렸기 때문이다.

무풍. 나쁘지 않네.

화면을 훑던 쿠보타 씨의 시선이 멎췄다.

"좋아. 낭비가 없어. 성장했어."

그 한마디에 어깨 힘이 훅 빠졌다.

키보드 위에 놓인 손가락을 펼치자 으드득 마른 소리가 났다.

"그런데 내 환영회 안 가? 어라? 한 명이 더 있네?"

쿠보타 씨가 층을 쭉 둘러본다. 그 시선 끝에 리사의 자리가 있다. 들어올 때 이미 봐 두었을 것이다.

리사의 자리에 가방이 보였다. 아직 회사에 있을 것이다.

화이트보드에 적힌 '@아오야마'라는 글자가 눈에 들어온다.

여기서 아오야마까지는 5킬로미터쯤 된다.

아오야마에서 그녀가 사는 하타가야까지 돌아가려면 그 이상이 걸린다.

—그 정도 거리라면 그녀는 환영회에 가지 못한다.

나는 그 사실을 안다.

그러나 쿠보타 씨에게는 언급하지 않고 함께 사무실을 나섰다.


형광등이 꺼진 복도에 발소리만 울린다. 막다른 곳에 있는 창문 너머로 니시신주쿠의 빌딩들이 펼쳐져 있다.

지나치게 정돈된 야경에는 이미 익숙하다.

쿠보타 씨는 주머니에 손을 넣고 어깨를 흔들면서 앞서가고 있다.

엘리베이터 홀에 도착해 버튼을 누르자, 멀리서 낮은 진동음이 신음하듯 들려왔다.

"지금 팀은 어때?"

문이 열리기를 기나리는 사이 갑자기 질문이 날아들었다.

"생산성 없는 대화가 많습니다. 문자로 30초면 끝날 일을 점심 먹으면서 한 시간이나 쓸데없는 이야기를 하죠."

솔직하게 대답한다. 누구에게도 속내를 털어놓지 않지만 쿠보타 씨에게만큼은 다르다. 친밀해서가 아니라 무난한 이야기를 원하는 게 아니기 때문이다.

"쓸데없는 얘기라면 어떤?"

"일과 관련 없는 잡담이요."

"잡담이라."

짧은 웃음과 그의 시선이 이쪽으로 날아온다.

곧바로 어떤 말이 이어질 줄 알았는데 쿠보타 씨는 더 이상 입을 열지 않았다.


아오야마까지 택시가 빠르다고 해서 택시를 탔다.

쿠보타 씨는 택시에 타자마자 누군가와 통화를 하기 시작했다.

낮에 회사로 여러 차례 전화를 한 거래처일 터다.

쿠보타 씨는 전화벨이 울려도 바로 받지 않는 사람이다.

반드시 자기가 편할 때 다시 건다. 그리고 느긋하게 얘기하며 상대의 말을 막지 않는다. 단, 힘을 뺀 말투와 달리 단 한 순간도 시간의 주도권을 손에서 놓지 않는다.

얼핏 상대의 페이스를 따르는 듯 보이나 매사를 결정하는 사람은 늘 쿠보타 씨였다.

그런 모습을 곁눈질하며 나도 저런 사람이 되고 싶다고 생각했다.

그러나 잘 되지 않는다.

지금도 마찬가지다. 당사자를 딱 맞닥뜨리지 않았다면 잔업을 핑계로 환영회에 가지 않는 방법을 택했을 수도 있다. 회비는 아침에 오노에게 냈다. 낼 것만 내면 그만이다. 쿠보타 씨는 일을 이유로 회식에 빠지는 직원더러 뭐라고 할 사람은 아니다.

아까 쿠보타 씨가 사무실에 왔을 때 "남아서 작업하겠습니다."라거나 "나중에 합류하겠습니다."라고 말했으면 됐을 텐데 말을 꺼내지 못했다.

—일단 토노는 됐어.

낮에 토다 씨가 한 말이 뇌리를 스친다.

주변에 잘 녹아들지 못한다. 그렇다고 거부하는 것은 아니다. 무슨 말을 꺼내기 전에 늘 주변에서 살펴 준다. 이런 자세가 영원히 통할 리 없다는 사실을 잘 알면서도 일의 속도로 밀어붙이고 있다.

택시의 창밖으로 네온사인이 미끄러지듯 흘러간다. 이자카야 시로키야, 노래방, 드러그스토어 체인 선드러그, TSUTAYA. 반사적으로 시야를 가로지르는 글자들을 코드로 변환한다.

직업병이다.

신호 대기를 위해 멈춰 선 택시의 창 너머로 대형 전광판이 보였다. 화면에는 스페이스 셔틀 디스커버리호가 운반한 일본 실험동 '기보우'의 조립 작업 완료를 알리는 뉴스가 흐르고 있다. 하얀 기체(機體)가 밤하늘을 떠돌고 있는 것처럼 보인다.

그 공기에 조금이라도 닿고 싶어서 창에 이마를 댔다.

미지근한 밤의 냄새가 났다.

그 냄새를 맡은 순간 과거의 조각들이 스크린처럼 차례로 솟아올랐다.

통학로의 주스 자판기. 제대로 맞춰지지 않은 심야 라디오 소리. 동아리 활동을 끝내고 돌아오던 언덕길에서 본 분홍빛 노을.

전부 다 다른 시간, 다른 장소였다.

아주 오래전 일인데도 같은 냄새를 풍기며 마치 연달아 일어난 일처럼 밀려든다. 기호로만 보이던 방금 전 경치보다 훨씬 선명하게 기억의 물결이 윤곽을 띠며 몸을 관통했다.

오노가 예약한 가게는 유리로 둘러싸인 다이닝 레스토랑의 독립된 룸이었다. 창 너머로 빌딩 틈을 잇듯 자동차의 후미등이 흐르고 있다.

익숙한 니시신주쿠와 거의 다르지 않은 풍경.

그렇게 생각한 순간 천장의 프로젝터가 빛을 내며 스크린에 영상을 송출하기 시작했다.

그 광경을 보니 오노가 이 가게를 고른 이유가 이해된다. 여흥을 위해서였을 터다.

화면에서는 대장이라 불리는 남자가 호령을 붙이고 있다. 최근에 유행하는 군대식 운동 영상이다. 오노를 필두로 젊은 사원들이 대장의 동작을 따라 하는 퍼포먼스를 시작한다. 진지하게 할수록 웃음이 일고 그때마다 자리는 하나가 되어 간다.

그 열기에서 가장 먼 자리에 앉아 파도처럼 밀려왔다 빠져나가는 대화에 귀를 기울인다. 회사가 쓰는 층의 반쯤 되는 이 공간에 수많은 대화가 동시다발적으로 펼쳐지고, 시간이 흐르면서 열기가 쑥쑥 상승한다.

"그거 정말 눈물 난다니까. 나 완전 통곡했어."

"나도 봐야겠다."

"꼭! 자, 다음은 토노 씨!"

갑자기 이름이 불렸다.

"이제까지 살면서 제일 눈물을 많이 흘린 영화는 뭐였나요?"

"아, 그게."

질문을 던진 여직원의 이름이 뭐였더라, 라는 생각이 제일 먼저 들었다.

리사 옆자리의 신입 사원. 이름이 뭐였지?

이름을 떠올리기에 앞서 낮에 들었던 이야기가 떠오른다. 흡연실에서 담배를 피우고 있을 때 그 신입 사원 여성과 동료처럼 보이는 여성의 대화가 들려왔다.

"말을 전혀 안 해?"

"응, 업무 연락만 해. 옆자리라 가볍게 수다도 떨고 싶은데."

"직장에서 인간관계 맺는 걸 싫어하는 사람 아닐까?"

"그런가? 그럼 내가 좀 성가셨겠네."

그때 대화 속 주인공이 리사라는 걸 알아차렸다. 하지만 이야기하던 당사자들의 이름은 기억나지 않았다.

그러나 지금 요구되고 있는 답은 사람 이름이 아니라 영화 제목이다.

살면서 눈물을 제일 많이 흘린 영화?

생각하는 척하며 시선을 떨군다. 접시 위에서 말라비틀어진 얇은 피자가 식어 가고 있다.

사실 영화 제목은 바로 댈 수 있다. 다만 곧이곧대로 대답할 생각이 없다. 지금 이 자리에서는 마른 웃음으로 이어질 적당히 가벼운 소재가 필요함을 알고 있기 때문이다.

"영화로 운 적은 아마 없을 겁니다."

그렇게 대답하자 선배 하나가 요란하게 몸을 뒤로 젖혔다.

"거짓말!"

"토노 씨, 재밌네!"

여성 신입 사원이 손뼉을 치며 웃었다.

거봐, 역시 아무도 진짜 답을 원하지 않잖아.

그렇게 생각하고 조금 안심했다.

"사카이 대장!"

스크린 가까이에서 오노의 목소리가 울린다.

이름을 불린 사카이 씨는 마뜩잖은 얼굴이었으나 군대식

운동을 따라 하는 무리에 가세했다. 모두의 시선이 그쪽으로 향한 순간 조금 전 여성 신입 사원이 나를 향해 고개를 돌렸다.

"토노 선배와 얘기하고 싶었어요."

호의가 아니라 단순한 예의임을 바로 알아차린다. 이야기를 나눈 적 없는 선배와의 형식적인 대화.

배려를 받았으므로 이쪽도 그에 응해야만 한다.

그녀는 아무 잘못이 없다. 그러나 피차 도움될 게 하나도 없는 이 시간이 어쩐지 무의미하다고 느끼는 스스로에게 설핏 혐오감이 드리운다.

일단 대화를 계속하려고 업무에 관해 몇 가지를 질문했다.

그녀는 짧게 대답하고는 그 화제가 끝났을 때 목소리 톤을 낮춰 말했다.

"아무 얘기나 해요. 그게 더 분위기도 살고."

"그게 제일 어려워."

솔직히 말했더니 그녀는 눈을 살짝 동그랗게 떴다. 그리고 곧 "맞아요!" 하며 웃었다.

"카네코 씨, 골프 동아리였다며? 진짜야?"

옆 테이블에 있던 토다 씨의 목소리가 끼어든다.

맞다. 생각났다. 그녀의 이름은 카네코였다.

"맞아요! 골프 동아리. 정말 열심히 했어요!"

카네코 씨는 잔을 든 채 옆 테이블로 이동했다.

살았다.

그렇게 생각해야 당연할 텐데 가슴에 까슬한 감촉이 남는다.

제대로 대처하지 못했다는 초조함이 주위의 웃음소리와 만나 더 선명해졌다.

스크린 안에서는 운동이 막바지를 향해 가고 있다.

대장 남자가 계속 소리쳤고 그 열량이 현실 공간에도 전해진다. 룸의 공기가 뜨거워지면서 웃음소리도 커진다.

그 어디에도 묻어 들지 못한 채 들고 있던 맥주를 끝까지 흘려 넘겼다.


모임이 끝날 무렵에는 레스토랑의 열기가 상당히 가라앉아 있었다.

주인공인 쿠보타 씨는 먼저 택시를 타고 귀가했고 남은 사람들도 저마다 귀갓길에 올랐다. 그 흐름에 섞여 레스토랑을 나오려는데 계산대 앞에서 오노가 점원과 실랑이를 벌이고 있었다.

"그럴 리 없어요! 인원수에 맞춰서 회비를 모아 왔기 때문에 오히려 잔돈을 받아야 한다고요. 다시 세어 보세요."

꼬인 혀로 항의하며 직접 만든 회비 납부 목록을 보면서 끈질기게 금액을 확인하고 있나.

"이미 수없이 세 봤습니다."

점원이 담담하게 대답했다. 오노는 여전히 투덜대고 있다.

나는 카운터로 다가가 잠시 기다렸다가 점원에게 말했다.

"얼마나 부족한가요?"

"사천이백 엔입니다."

회비대로라면 끝자리가 남을 리 없다.

계산 착오이거나 누군가의 비용을 빠뜨렸거나. 어쨌든 더 실랑이해 봤자 소용없다.

"됐어요. 자, 카드로."

오노는 비틀대며 가방을 뒤지기 시작한다. 그보다 빨리 재킷 안주머니에서 지갑을 꺼냈다. 오천 엔짜리를 한 장 빼서 카운터에 내놓자, 점원은 서둘러 계산을 마치고 잔돈을 내줬다.

"감사합니다."

그 소리에 가방을 뒤지고 있던 오노가 고개를 든다.

나는 잔돈을 주머니에 넣고 오노의 반응을 기다리지 않은 채 엘리베이터로 갔다.

내가 낸 사천이백 엔은 오노를 위한 것도, 레스토랑을 위한 것도 아니다.

카네코 씨의 이름을 기억하지 못한 것.

보고 울었던 영화 제목을 대답하지 못한 것.

팀원들과 점심을 함께 먹지 않은 것.

"잡담이라." 하며 웃는 쿠보타 씨에게 멋진 대답을 할 수 없었던 것.

오늘 제대로 대처하지 못했던 모든 것에 대한 작은 구멍을 메우기 위한 돈이었다.


나카노의 집에는 어제와 거의 같은 시각에 도착했다.

우편함을 열었더니 우체국 택배의 부재 알림표가 두 장 있다. 어제와 오늘이다. 보낸 사람은 어머니였다.

내일 다시 배송해 달라고 전화하자.

그렇게 마음속으로 중얼거리고 컴퓨터를 켜며 캔 맥주를 딴다. 술이 부족했던 건 아니다. 그저 목을 통과할 시원함이 필요했다.

담배를 피우러 베란다에 나갔다. 밤의 냄새를 의식적으로 빨아들이고 있는데 휴대 전화 알림음이 울렸다.

작은 액정 화면에 '미즈노 리사'라는 이름이 뜬다.

〈일요일에 서점 안 갈래?〉

제목에 Re:Re:Re가 이어져 있다.

첫 대화 이후로 줄곧 같은 문자 하나에 답장을 딛고 있다. Re:를 지우거나 새로운 제목을 달지 않고 그저 '답장'이라는 형태로 말이다. 대화가 수없이 이어지는 같은 문자열의 수가 쌓인 것처럼 보인다.

〈응, 좋아.〉

발신 버튼을 누르니 다시 Re:가 늘었다.

이 Re:는 과거로 뻗어 있을까, 아니면 미래로 향해 있을까.

생각에 잠겨 있는데 멀리서 빛줄기 하나가 똑바로 흐르고 있다.

주오선의 막차였다.


∴


함께 있는 만큼 멀리 가 버릴 듯한 사랑이었다.


"미즈노 씨, 이것 좀 부탁해요."

내민 서류를 받으면서 점심시간 전의 사무실 분위기가 아주 조금 느슨해졌음을 느꼈다. 타자 소리가 끊어지고 서류를 정리하는 소리와 의자를 끄는 마찰음이 들린다.

밖으로 나가는 사람이 늘면서 층 전체의 공기가 조금씩 환기된다.

이 시간대가 되어야 나는 간신히 깊은 숨을 쉴 수 있다.

"늦어지네."

옆자리에서 카네코 아사미 씨가 책상 위의 전화를 바라보고 있다.

거래처 전화를 기다리는 듯하다.

그러면서도 이미 슬리퍼에서 하이힐로 갈아 신고 점심을 먹으러 나갈 준비를 마쳤다.

"제가 대신 받을게요."

말을 걸자 카네코 씨는 조금 당황한 듯 손사래를 쳤다.

"아뇨, 그런 뜻은 아니었어요. 미즈노 씨, 점심……."

말끝이 애매하게 흐려진다.

미즈노 씨, 점심 오늘도 여기서 드세요?

아마도 그렇게 물어보고 싶었으리라.

자리에서 혼자 밥 먹는 걸 강조하면 안 된다는 배려가 담긴 얼버무림이었다.

"가져와서요."

편의점 봉투를 가볍게 들어 보이자 카네코 씨는 미안함과

안도가 뒤섞인 얼굴로 미소 지었다.

"그럼 신세 좀 질게요. 금방 올 거예요."

그렇게 말하며 가방에서 조그만 쿠기를 꺼내 내 책상에 살그머니 놓고 갔다.

무슨 일만 있으면 과자를 주는 건 그녀만의 배려일까. 그렇다면 신경 쓰지 않아도 되는데. 필요한 건 책상의 모서리와 모서리가 간신히 닿지 않을 정도의 거리감이다. 답답하지도 않고 무시하지도 않고 무시당하지도 않는다. 그 미묘한 균형이 이 회사에서 나를 지키기 위한 최소한의 균형이었다.

딱 한 명. 그 틀 밖에 있는 사람이 있다.

책상들로 이루어진 섬 중에 옆에 놓인 섬. 등을 돌리고 앉은 토노가 일어나는 게 보였다.

고개를 돌리자마자 눈이 마주친다.

그의 입가가 아주 살짝 올라간다.

미소라고 부르기에는 너무나 조심스러운 모양이었으나 분명히 나를 향한 것이다.

그것만으로도 마음이 풀어진다.

지난주에 토노가 했던 말을 그의 목소리로 재생해 본다.

여름과 겨울 중에서는, 여름이 좋아.

비와 눈 중에서는, 비가 좋아.

곧 장마가 시작된다.

그 너머에 여름이 기다리고 있다.

토노와 보내는 세 번째 여름이다.

맞다. 운전면허를 딸까.

그런 생각이 문득 떠올랐다.

# 제2장

일요일 정오가 지났을 무렵.

리사와 만나기로 한 곳은 신주쿠 파크 타워 안에 있는 서점이었다.

신간 코너를 보고 있는데 그녀가 바로 돌아왔다. 원하는 책을 찾지 못했다고 한다.

"다른 데 찾아볼까?"

"괜찮아?"

"물론이지."

지하 통로를 통해 대로로 나오자마자 강한 햇살이 뺨을 강타했다.

"얼마 만에 제대로 쉬는 거야?"

"음, 몰라."

"계절도 모르지? 토노만 긴팔 입고 있어."

주위를 둘러보니 오가는 사람들은 다 반팔이다. 어깨를 내놓은 사람도 있다. 나무 사이를 훑고 나온 바람이 푸석한 것이 아직 장마의 습기를 품지 않았다. 늦봄과 여름 직전. 그 사이를 나만 무시하고 있었음을 깨닫는다.

갑자기 목구멍이 갈라질 듯 목이 말랐다.

눈앞의 카페는 입구까지 긴 줄이 늘어서 있다.

리사가 걸음을 멈추고 말했다.

"들어갈까?"

"내가 사 올게."

줄은 혼자 서도 충분하다. 줄을 더 길게 만드는 일은 영 내키지 않았다. 그 뜻이 전해졌는지 리사는 잠시 후 카페 옆 나무 그늘을 가리켰다.

"그럼 저기서 기다릴게."


미즈노 리사와 처음 이야기를 나눈 것은 그녀가 입사하고 한참 지난 뒤였다.

나보다 2년 늦게 입사한 대졸 신입이었는데, 당시에는 다른 부서에 배정된 데다 일하는 층도 달라서 그녀의 이름도 얼굴도 몰랐다.

그날 평소와 마찬가지로 엘리베이터를 타고 고층을 향해 가고 있었다. 여러 기업이 입주해 있는 고층 빌딩의 아침 통근 시간대는 어느 엘리베이터나 만원이다. 등 너머로 누군가의 입김을 느껴야 할 정도의 밀도 속에서 사람들은 층수가 표시되는 액정 화면만 말없이 바라보고 있었다.

중간쯤 올라갔을까 뒤에서 가는 목소리가 들렸다.

"죄송해요. 내릴게요."

나는 버튼 바로 옆에 있었으나 애석하게도 이 엘리베이터는 15층 직행이라 중간에 서지 않는다.

어쩔 도리가 없어서 목소리가 나는 쪽으로 고개를 돌렸는데 안경을 쓴 여성이 고개를 숙인 채 몸을 잔뜩 웅크리고 있었다.

"괜찮아요?"

대답도 듣기 전에 15층에 도착했다. 문이 열린 순간 그녀가 엘리베이터에서 내리더니 그 자리에 주저앉았다.

그곳은 다른 회사가 쓰는 층이었으나 그냥 함께 내렸다.

가녀린 어깨가 헐떡이고 있었다. 호흡을 가다듬고 있는 것이었다. 목에 건 카드에 우리 회사 로고가 박혀 있었다.

같은 회사 사람임을 알고 한마디 건넸다.

"의무실에 갈까요?"

조금 있다가 드디어 그녀가 고개를 들었다.

"아뇨……, 죄송해요. 이제 괜찮아졌어요."

말은 그렇게 했으나 아직 숨이 가빠 보였다.

"폐를 끼쳤네요."

그녀는 깊이 고개를 숙이고 비상계단 쪽으로 갔다.

문에 손을 대는 모습을 본 순간 나도 모르게 목소리를
냈다. 이 상태로 20층까지 계단을 오르는 것은 무리 아닐
까. 무엇보다 쓰러지면? 하는 생각이 머릿속을 스쳤기 때문
이다.

"그럼 같이 가요."

그녀는 아주 잠깐 망설이는 표정을 지었다가 조그맣게
"죄송합니다."라고 말했다.

이후의 일은 잘 기억나지 않는다. 계단을 오르면서 이야기
를 조금 나눈 것도 같고, 말을 거의 하지 않았던 것도 같다.

그녀의 호흡은 점차 안정을 되찾았다.

그녀의 부서가 있는 층에 도착하자 그녀는 그 자리에 멈
춰 깊이 고개를 숙였다.

"정말 감사합니다."

그렇게 말하고 나에게 명함을 내밀었다.

"사원끼리 명함 교환이라니. 처음이네요."

나도 모르게 나온 말에 그녀는 깜짝 놀라며 내밀었던 손을 빼려 했다. 나는 서둘러 명함을 꺼냈고, 우리는 그제야 서로의 이름을 교환했다.

〈아까는 고마웠어요.〉

점심시간에 도착한 문자 제목에는 그렇게 적혀 있었다.

사람이 많은 장소를 잘 못 견딘다는 것. 전철을 2년 이상 못 타고 있다는 것. 회사까지 자전거로 다닌다는 것. 날씨가 좋은 날은 걸어서 출근한다는 것.

담담하면서도 정성스레 자기 사정을 담고 있었다.

꾸밈없는 문장이 이상하리만치 인상에 남았다.

한 문장, 한 문장 쓸데없는 요소들은 지워지고 성실함만이 남아 있다.

문자 마지막에 적힌 이름.

미즈노 리사.

이름 역시 그녀가 쓴 문장처럼 조용하고 정돈된 울림을 지닌 듯했다.

답장하려고 〈미즈노 님에게〉라고 쓰다가 손길을 멈춘다. 어떤 말을 되돌려 줘야 할지 고민하다가 점심시간이 지나가 버리고 말았다.

일을 끝내고 휴대 전화의 임시 보관함을 연다. 〈미즈노 님에게〉를 썼다 지우기를 수없이 되풀이한다.

결국 한 시간에 걸쳐 생각한 답장은 이 정도였다.

〈부디 무리하지 말고 천천히 가요.〉

발신 버튼을 누른 직후, 너무 가벼웠던 것 같기도 하고 너무 잘난 척한 것 같기도 해서 후회가 밀려왔다.

〈고맙습니다.〉

곧 도착한 답장은 이게 다였다.

그렇겠지. 이 말 외에 더 할 말이 있겠나. 머리로는 이해했다.

그럼에도 한참 화면을 응시했던 걸 지금도 기억하고 있다.

그 대화를 시작으로 엘리베이터에서 마주칠 때마다 인사를 나누는 사이가 되었다. 이윽고 부서 통합이 결정되어 나와 리사는 같은 층에서 일하게 되었다.

인사 이상의 대화는 친목회라고 칭하는 회식 자리에서 돌아오는 길에 시작되었다. 대다수가 2차로 넘어가는 가운데 집단에서 빠져나와 혼자 역으로 향하려는데, 옆에 있던 리사가 거의 동시에 걸음을 내디뎠다.

누가 먼저랄 것도 없이 나란히 걸었고 정신을 차려 보니 그녀가 사는 하타가야까지 걸었다.

이때 어떤 대화를 나눴는지는 기억나지 않는다.

그러나 보폭과 대화의 쉼표, 되돌아오는 목소리의 크기까지 불가사의할 정도로 잘 맞았다. 신경 쓸 게 하나도 없었다.

파장이 맞는다. 틀림없이 그런 거였으리라.

그날을 경계로 함께 퇴근하는 일이 늘었고 식사 시간과 휴일을 공유했다.

그녀는 늘 자전거를 타고 약속 장소에 나타났고, 돌아갈 때는 내가 자전거를 밀고 둘이 나란히 걸었다.

그렇게 같이 시간을 보내다 보니 자연스럽게, 적어도 내 안에서는 자연스러운 흐름으로 우리는 연인 사이가 되었다.

나중에 리사의 증상에 공황 장애라는 진단명이 붙었다.

하타가야, 회사가 있는 신주쿠, 그리고 내가 사는 나카노. 이 세 지점을 잇는 원 안에서 그녀의 하루 이동은 거의 완결되었다. 내 발걸음 역시 자연스레 그 원 안에 담겼다.

불편하다고 여긴 적은 없다. 오히려 한정된 범위 내에 있는 편이 우리에게 맞다고 생각했다. 망설일 필요도 없고 괜한 부담도 없으니까.

그녀도 틀림없이 같은 마음일 거라고 단정했다.


카페에서 산 아이스커피를 마시고 우리는 다른 서점으로

갔다.

생각해 보니 신주쿠역에서 동쪽 출입구로 나오는 게 오랜만이다.

매일 이 역을 이용하지만 서쪽 출입구로만 다닌다. 개찰구를 나와 지하 통로를 거쳐 회사 빌딩으로 직행할 뿐이다. 그게 최근 몇 년간 나와 신주쿠가 맺은 관계였다.

동쪽 출입구로 나오자 거리의 숨결이 달라졌다. 서쪽 출입구의 질서 정연한 고층 빌딩들과 대조적으로 잡다한 열기와 소란스러움이 피부에 달라붙는다. 분방한 사람들의 흐름에 다리가 살짝 휘청거렸다.

기노쿠니야 서점에 들어가자 방금 전까지의 질식할 듯한 공기가 조금 부드러워졌다.

활자 냄새, 조심스러운 배경 음악, 조용하게 흐르는 시간.

이 질서에 가슴을 쓸어내린다.

리사가 잡지 코너로 사라지는 모습을 지켜본 후 괜스레 에스컬레이터를 타고 위층에 올라가 봤다.

위층이 좀 더 분위기가 차분한 느낌이었다.

뭔가를 찾아보겠다는 생각 없이 책장 사이를 천천히 걷는다.

문득 시야에 한 표지의 글자가 들어와 걸음을 멈췄다. 그리움에 손을 대 본다.

그 작은 수첩을 집어 든 순간 주머니에서 휴대 전화가 진동했다.

리사였다.

「못 찾겠어. 어디야?」

"위층에 있어."

묘하게 차분한 목소리가 나왔다.

「알았어. 갈게.」 리사는 대답하고 전화를 끊었다.

휴대 전화를 든 반대편 손에 조금 전 집어 든 수첩이 있다.

갖고 싶었던 건 아니다. 그러나 돌려놓을 수 없었다.

사람은 이렇게도 물건을 사는구나.

카운터로 가 계산했다.

사고가 행동을 따라잡기 전에 수첩은 빠르게 주머니 속으로 미끄러져 들어갔다.

돌아보니 리사가 나를 찾고 있다. 서둘러 리사 쪽으로 향했다.


서점을 나와 인파 속에서 나란히 걷는다.

주머니에 잠긴 손바닥이 얇은 표지의 가장자리를 슬쩍 어루만진다.

주위를 둘러보니 인테리어 숍의 쇼윈도에 모습이 비치고 있다. 가게 안에는 엄선된 가구와 식기가 깔끔하게 배치되어 있다.

지금 사는 집의 계약 만료 사실이 머리에 떠오른다.

"들어가 볼까?"

옆에서 목소리가 들렸다.

"다음에."

"보고 싶은 거라도 있어?"

"다음 달에 내 집 계약이 끝나서."

"어, 또 이사해?"

리사의 발소리가 살짝 느려졌다.

"응, 그럴까 해."

"토노는 이사를 좋아하나 봐."

"그런가? 근처를 전전할 뿐인데."

대화에 침묵이 떨어진다. 뭔가 하고 싶은 말이 있는 듯한 기척이 전해졌다.

"나, 운전면허 딸까 해."

"응?"

의외의 말에 나도 모르게 걸음을 멈출 뻔했으나 그냥 계속 걸었다.

정적 속에서 갑자기 경적이 울렸을 때처럼 느닷없이 가슴이 소란스러워졌다.

"자전거로 다니기에는 한계가 있고. 이제 슬슬 뭘 좀 해야 할 것 같아서."

"그래?"

소란스러운 마음을 숨기기 위해 다시 묘하게 차분한 목소리를 냈다.


카페에 들어가 주문한 음식이 나오기를 기다리는 동안 리사가 봉투에서 잡지를 꺼냈다.

표지에는 한없이 뻗은 길과 푸른 하늘이 찍혀 있다. 드라이브 특집 기사가 실린 여행 잡지였다.

"직접 운전하는 차에서는 발작이 거의 안 일어난대. 병원에서 전부터 얘기했어."

페이지를 넘기는 손가락이 조심스러운 소리를 낸다.

리사는 '전부터'라고 하는데 나는 처음 듣는 이야기였다. 언제부터 면허를 따겠다고 생각했을까. 이 의문점을 굳이 입 밖으로 꺼내지는 않았다.

"토노는 어디 가고 싶어?"

리사가 말하면서 잡지를 이쪽으로 돌린다.

자연스러운 말 속에 리사의 희미한 기대가 느껴졌다.

지면 어딘가를 손가락으로 가리키면 그만이다.

바다나 산, 도시 어디든.

그런데 어쩐지 아주 중요한 선택을 요구받는 느낌이 들었다. 리사가 나아갈 방향을 조금쯤은 바꿀 듯한 선택.

어디든 좋다고 대답하려다가 말을 삼켰다.

가볍게 대답해야 하나, 제대로 생각해야 하나. 망설이는 척하는 자신에게 스멀스멀 죄책감이 일었다.

가고 싶은 곳을 찾지 못하는 찝찝함일까, 아니면 주머니 안에 있는 것에 대한 걸까.

어쩌면 둘 다 때문일지 모르겠다.

그때 파스타가 나왔다.

리사가 잡지를 덮었다.

그 동작은 조금 전까지만 해도 가볍게 보였던 공기를 툭 놓아 버리는 체념처럼 보였다.


주차장 근처까지 와서 리사의 걸음이 천천히 멈췄다.

"이제 어떻게 할까? 우리 집에 갈래?"

고개를 들지 않고 말하는 목소리는 가벼웠으나 왠지 흔들리고 있었다. "좀 더 같이 있고 싶어."라는 말과 "무리는 하지

마."라는 말이 같은 온도로 전해진다.

"……일을 가져와서."

그렇게 대답할 때까지 생긴 약간의 틈이 괜스레 어떤 뜻을 함의한 듯 느껴졌을 것 같다.

그 마음을 숨기려고 신발로 아스팔트를 살살 건드렸다.

"그래? 무리하지 마. 그럼 내일 회사에서 봐."

리사는 그렇게 말하고 미소 짓는다. 평소보다 조금 늦은 미소였다.

"조심해."

"응, 고마워."

그 등을 바라보며 해방감과 미안함이 동시에 찾아왔다.

"일이 있어." "아침 일찍 나가야 해." 전에도 그렇게 말한 적은 있는데 요즘 들어 이런 이유를 대는 때가 부쩍 많아졌다. 일을 이유로 삼을 때마다 가슴에 얇은 차단막이 생긴다.

이전에는 둘의 집 중 한 곳에서 밤을 지새우는 게 당연했다. 그런데 지금은 함께 있는 시간이 길수록 서로를 탐색하는 틈이 늘어난다.

나는 리사에게 거리를 두고 있을까, 아니면 적절한 거리를 유지하고 있을까.

어느 쪽인지 생각하는 것을 보류하고 신주쿠역 쪽으로 걸음을 옮겼다.


우편함에 또 택배 부재 알림표가 들어 있다. 재배송 전화를 하려고 했는데 어제도 오늘도 잊고 있다.

아니, 그저 미루고 있을 뿐이다.

택배 받기, 집 계약하기, 이사할 집 찾기, 리사. 보류 목록이 날마다 조용히 늘어나고 있다.

이 모든 걸 일이 바쁘다는 이유로 얼버무리고 있다. 아니, 묻어 버리고 있다.

그런데.

과거에 두고 온 물건이 서점 매대에 아무 일 없었다는 듯 놓여 있었다.

과거, 그러니까 어릴 때 샀던 『천문 수첩』.

재킷 주머니에서 서점의 종이봉투를 꺼낸다.

올해 2008년 판을 샀다. 복간된 것일까, 아니면 매년 발행되고 있었을까.

표지 색깔과 서체가 어릴 때 그것과는 달랐으나 그리움에 폭 젖게 하는 뭔가가 있다.

페이지를 넘긴다.

수첩 마지막에 내년 달력이 배치되어 있다.

—2009년 약속의 해.

베란다로 나간다. 낮보다 눅눅한 바람 속에서 여름의 기운을 찾는다.

담배에 불을 붙이고 내뱉은 공기가 밤하늘을 향해 천천히 올라갔다.

초승달일까, 구름에 가려져 있나, 아니면 다 떠서 사라져버린 걸까.

그저 달빛이 없다는 것만은 분명했다.


"아카리의 이름은 밝다는 뜻에서 '밝을 명(明)'의 아카리지?"

"아니."

오랜만에 아카리의 목소리를 떠올린다.

정말 이 목소리였는지 지금은 확인할 길이 없다.

마지막으로 들은 게 열세 살 겨울이다.

수많은 시간이 흘렀는데도 시간의 역사를 뛰어넘어 문득 그 목소리가 되살아난다.

저녁 냄새. 멀리서 들려오는 열차 소리. 신호가 바뀌는 순간의 정적.

지금 이 순간의 빈틈에 그 무렵의 공기가 슬며시 섞여

든다.

단순한 기억이 아니다. 과거의 추억이 되지 못하고 지금도 생생하게 가슴속에 남은 무언가.

이후로 얼마나 멀리 나아갔을까.

초등학생, 중학생, 고등학생, 대학생, 그리고 사회인이 되었다.

다니는 장소가 바뀔 때마다, 불리는 이름이 바뀔 때마다 새로운 문이 열리는 느낌이었다.

그러나 어른이 된 뒤로는 달랐다.

다음 문이 어디에 있을지, 어떻게 열어야 하는지 스스로 찾아야 한다.

앞으로 나아가고 있는지, 아니면 같은 곳을 빙글빙글 돌고 있을 뿐인지.

그 초조함을 얼버무리려고 2년마다 이사를 다녔다. 같은 노선을 점으로 연결하며 옮겨 다니고 있다.

처음에는 뭔가 달라진 느낌이었다.

그러나 금세 익숙함이 찾아왔고 하루하루가 정체된 채 시간만 쌓여 갔다.

아카리는 지금 어디에 있을까.

마지막으로 만난 곳은 도치기였다. 아직도 그곳에 있을까,

아니면 전학 갔을까.

쓸쓸하게 웃는다.

아카리노 나처럼 성인이 되었을 것이다.

부모님의 전근에 휘둘리지 않고 자기 의지로 살 곳을 정해 살고 있겠지.

—그 무렵 우리가 간절히 원했던 대로.

내 안의 아카리는 열세 살 그대로 멈춰 있다. 이후의 그녀는 알지 못한다.

모른다는 게 지금 그녀가 어딘가에 있다는 현실감을 빼앗았다.

더는 아카리를 만나지 못한다.

그런 예감만이 반석처럼 존재할 뿐이다.

근거는 없다. 그러나 그 예감은 늘 변함이 없다.

그래도 나의 모든 시작은 아카리였다.

초등학교 5학년 겨울, 우리가 만난 최초의 문.

나는 그 문 앞에서 어른이 될 줄 알았다.

지금의 나는 그 연장선 위에 서 있을까.

의문이 다시 초조함에 속도를 더한다.

생각을 멈추려고 휴대 전화 문자를 열었다.

〈잘 도착했어?〉

리사에게 문자를 쓰다가 중단한다. 컴퓨터 전원을 켜고 화면에 의식을 침잠시킨다.

생각해야 할 일은 뒤로 쫓아 버리고 일에 몰두하며 초조함을 넘긴다.

# 제3장

7월에 들어섰는데도 장마는 끝나지 않고 빗방울의 여운이 흐르는 유리처럼 사무실에 펼쳐져 있었다.

쌓여 있던 메시지를 다 처리하고 자리에서 일어나려 할 때였다.

"토노 씨, 잠깐만."

쿠보타 씨의 목소리에 고개를 돌린다.

회의를 하나 싶어서 자료로 손을 뻗는데 "밖에서 얘기하지."라고 해서 컴퓨터를 대기 상태로 돌리고 일어났다.

엘리베이터를 타고 아래층으로 내려와 빌딩을 나온다.

쿠보타 씨가 목적지를 밝히지 않고 걷는다. 나는 잠자코 뒤를 따른다.

업무 연락은 아닌 듯하다. 그렇게 생각한 순간 살짝 마음이 무거워졌다. 굳이 밖에까지 나와서 말하는 이유는 좋은 얘기가 아니기 때문일 것이다. 내 일의 추진 방식이나 팀 안에서의 태도와 관련된 이야기일 거라고 추측한다.

도착한 곳은 빌딩 사이에 조용히 자리 잡은 조그만 장어 집이었다.

"장어 먹지?"

질문을 받고 그렇다고 대답한다. 쿠보타 씨는 고개를 살짝 끄덕이고 노렌(가게 이름을 새겨 입구에 다는 천 - 옮긴이 주)을 통과했다.

점심시간이 되려면 아직 시간이 좀 일러서인지 가게 안은 한산했다.

바닥을 낮게 파서 다리를 내리고 앉을 수 있게 한 프라이빗 룸으로 안내된다. 차분한 조명 아래에 달콤하고 향긋한 소스 냄새가 감돌고 있다.

"장어덮밥 두 개. 대나무 정식으로."

쿠보타 씨는 자리에 앉자마자 메뉴를 보지도 않고 주문했다.

비싼 가격을 보고 눈만 껌뻑이는데 쿠보타 씨가 "내가 살게." 하며 웃고는 내 손에서 메뉴를 가져갔다. 음식이 나올 때까지 쿠보타 씨는 내내 야마테 터널 공사가 언제 끝날지에 대해 얘기했다. 나는 맞장구를 치면서도 언제 본론으로 들어갈지 신경 쓰느라 제정신이 아니었다.

"마감 칠 수 있겠나?"

"아슬아슬해요."

장어덮밥 그릇의 뚜껑을 열면서 쿠보타 씨가 웃으며 말했다.

"자네, 점심때 액체밖에 안 마시지?"

"편해서요."

"좋은 걸 먹어. 이제부터가 시작이야."

또 다른 프로젝트가 바로 시작된다는 의미로 들렸다.

"다음 안건에서 자네를 리더로 삼을 생각이야."

별일 아니라는 듯 알리는 자연스러운 말투에 덮밥 그릇의 뚜껑을 열려던 손을 멈췄다.

"조금 이르긴 한데 승진 시험 쳐 봐. 인사부에 추천할 테니까."

사고가 쫓아가지 않는다. 뚜껑을 든 채 시선을 멈추고 그릇 모서리를 응시했다.

쿠보타 씨는 내 대답을 기다리지 않고 태평하게 음식을 먹는다.

"더 바빠질 테니까 기력이나 보충해."

어젯밤 초조함 속에서 생각한 '다음 문'은 절대 이게 아니다.

마음이 먼저 깨달았다.

어릴 때 이사한 집 커튼을 열기 전에 아직 보지도 않은 경치가 보인 적이 있다. 전학 첫날, 복도의 냄새만으로 그곳에 잘 적응할지 알았다. 마찬가지다. 어떤 법칙이 있는 건 아니다. 그러나 이건 틀림없다는 감각이다.

날마다 바쁘게 지내는 동안 자기 발로 나아간다는 실감이 어딘가 옅어졌다. 승진 이야기는 분명 '새로운 문'일 것이다. 그러나 그것을 통과한다고 해서 미뤄 온 것이 해결되진 않는다. 그것만은 분명히 느끼고 있다.

주어진 문만 선택하는 것은 이미 과거의 이야기다.

사는 곳과 학교가 부모 사정으로 바뀌어야 했던 그때와는 다르다.

무엇을 선택할지 스스로 정할 수 있다.

지금 내게 필요한 것은 전진이 아니라 결산이다. 보류하기만 했던 것들을 어정쩡하게 뭉개 버리지 않기 위해서. 이 순간을 놓치면 다시 '조금만 더' 미루기만 하는 자신을 볼 것이다.

"지금 하고 있는 프로젝트가 끝나면 그만두겠습니다."

줄곧 머릿속에 있던 말이 자연스레 입을 통해 흘러나왔다.

그러고는 쿠보타 씨에게 고개를 숙였다.

쿠보타 씨는 아무 말없이 고개만 끄덕였다.

곧바로 어떤 말이 날아오리라고 각오했던 만큼 당황했다.

한동안 침묵이 이어진 후 쿠보타 씨가 싱긋 웃었다.

"잡기를 바라나?"

그 한마디에 마음이 휘청거린다.

모든 걸 간파당한 느낌이다. 입으로는 각오를 말하면서도 그 각오만큼 누군가가 아쉬워해 주기를 바라는 마음이 있었는지 모른다.

쿠보타 씨는 그런 마음을 다 알고도 묵묵히 넘어가려는 것이다.

무슨 말이든 해야 한다. 적어도 그럴듯한 이유라도.

"일은 제 적성에 잘 맞습니다."

침묵을 메우려는 듯 초조해하며 말을 잇는다.

결단은 지금이다. 그러나 즉흥적으로 꺼낸 말이 아님을 전하고 싶었다. 그게 최소한의 예의라는 생각도 있었다.

"인간관계나 회사 처우에 불만은 없습니다."

말하면서도 헛된 짓이라는 건 안다. 번드르르한 이야기를 늘어놓고 있을 뿐이다.

"됐네."

쿠보타 씨가 제대로 된 변명이 되지 못한 말을 차단하고 시원스레 말했다.

"그만두고 싶어서 그만둔다, 그거면 됐어."

이번에는 일부러 귀찮은 듯 말한다.

"애당초 자네도 남들의 이해를 구할 생각은 없잖아?"

그 말에 단숨에 힘이 빠졌다.

위로도 정론도 아니다. 다만 정확한 한마디만을 조용히 던진다. 쿠보타 씨는 언제나 이렇다. 쓸데없는 말은 하지 않는다. 그런 만큼 입을 열 때는 핵심만 남아 있다. 매달리거나 내치지 않는다. '판단은 네게 맡긴다, 그 결과가 어떻든 나는 보기만 하겠다'는 태도를 계속 봐 와서 안다. 그래서 이 사람이 왠지 좀 무서웠다.

지금은 고마운 마음이 샘솟는다. 나조차 정리하지 못한 감정을 그대로 받아들여 준 느낌이었다.

"됐으니까 일단 먹어. 맛있어."

쿠보타 씨는 그렇게만 말하고 다시 장어를 먹기 시작했다.

고개를 숙이고 젓가락을 든다.

그릇의 무게가 온전히 손바닥에 전해진다.

쿠보타 씨는 마치 조금 전의 대화는 없었다는 듯 장어를 굽는 방식에 대해 이야기하기 시작했다.

"간토는 찌고 간사이는 굽지."

단순한 잡담.

들으려고 하지 않고 묻지도 않는다.

별거 아닌 이 시간을 주어 너무나 고맙다.


사무실로 돌아와 엘리베이터를 탄다. 내가 일하는 층이 가까워지면서 퇴사에 대한 현실감이 강해졌다. 이 프로젝트가 끝날 때까지. 쿠보타 씨에게 그렇게 알렸으나 그때까지 인수인계와 퇴직 절차를 마쳐야 한다고 생각하니 할 일이 태산이다.

엘리베이터 문이 열린 순간 드디어 또 다른 현실이 생각났다.

리사에게 어떻게 전해야 할까.

회사를 그만둬도 우리 관계에 영향은 없다고 생각하고 있다. 그렇지만 정말 그럴까. 만약 그녀가 이 회사에서 계속 일하는 이유의 중심에 내 존재가 있다면? 순간 그런 생각이 머리를 스쳤으나 곧바로 지워 버렸다. 그럴 리 없어. 지나친 생각이야.

그렇게 나를 다독이면서 자연스럽게 사무실을 둘러보는데 리사가 없다.

게시판을 보니 '미즈노 외출'이라고 되어 있다.

리사의 자리 쪽으로 가서 옆자리의 카네코 씨에게 말을 걸었다.

"미즈노 씨, 어디 가셨어요?"

"NP 종합 연구소에서 민원이 들어와서 히라타 씨와 같이 갔어요."

"네? 어떻게요?"

NP 종합 연구소는 마치다에 있다.

자전거로 갈 만한 거리가 아니고, 택시를 타기에는 너무 멀다.

카네코 씨도 알아차린 듯 번뜩 표정이 흐려진다.

"어머나! 큰일이네. 히라타 씨가 미즈노 씨 사정을 모를 수도 있겠네요."

카네코 씨는 전화를 들며 히라타 씨에게 연락하겠다고 말했다.

나는 복도로 나와 리사에게 전화를 걸었다. 몇 초에 불과했을 신호음이 너무나 길게 느껴졌다.

전화가 연결된 순간 초조함이 목소리에 드러났다.

"지금 어디야?"

"……역 플랫폼."

숨이 거칠다. 그 뒤에 선철 운행 소리가 겹쳐진다.

내가 말했다.

"노래해."

"응?"

"뭐든 괜찮아. 목소리를 내 봐."

리사의 당황스러움이 전화 너머로 고스란히 전해진다. 그래도 나는 빠르게 말을 이었다.

"지금 뭐가 보여?"

"……초등학교."

"그럼 초등학교 교가라도 불러 봐."

침묵이 내려온다.

그러나 그녀의 호흡이 조금씩 차분해지는 기색이 전화로도 알 수 있을 만큼 느껴진다.

"고마워. 이제 진정됐어."

그녀는 노래하지 않고도 호흡을 되찾았다.

등을 타고 흘러내리는 식은땀을 느끼면서 나도 깊은 숨을 한 번 내뱉었다.

일을 빨리 정리하고 리사의 집으로 향했다.

문을 열어 주는 그녀는 예상보다 훨씬 평소와 다름없었다. 말하지 않으면 컨디션이 좋지 않다는 사실을 아무도 모를 것이다. 역을 나와 회사로 돌아오지 않고 바로 걸어서 집에 왔다고 한다.

"히라타 씨가 거래처에 혼자 갈 테니까 오늘은 그냥 집에 가라고 했어."

현관에 들어서면 세로로 긴 부엌이 이어지고 그 앞에 정돈된 거실이 있다. 방 하나에 거실 겸 부엌이라는 단순한 구조. 리사는 부엌에 서서 전동 그라인더를 켰다.

"전철 타기 전에 약을 먹었거든. 약효가 있을 줄 알았는데."

낮은 그라인더 소리가 조용한 방에 울린다.

"카네코 씨가 내가 전철을 못 탄다는 사실을 히라타 씨에게 알렸나 봐……. 미안하다고 몇 번이나 사과하더라."

입가에 옅은 미소를 머금고 있었으나 표정은 불편함을 이야기하고 있었다.

"제대로 못 밝힌 내 잘못인데."

그라인더의 회전이 멈추자 막 갈아 낸 원두 향이 방을 가득 채운다. 몸을 생각해서가 아니라 혹시 증상에 조금이라도 좋은 영향을 주지 않을까 싶어서 디카페인을 마신다고 사귄 지 얼마 안 되었을 때 리사에게 들었다.

"마시면 안정되는 기분이 들어."

살짝 쑥스러워하며 말했다. 이후 자연스럽게 디카페인 원두를 발견하면 일단 사 오는 게 내 습관이 되었다.

"왠지 오늘은 괜찮을 것 같았어. 그냥 직감이었는데 꽝이었네."

예기 불안. 엘리베이터 사건 후 리사로부터 처음으로 이 단어에 대해 들었다.

입사한 지 얼마 안 되었을 때라고 한다. 비 오는 날 만원 전철 안에서 갑자기 가슴이 답답해지고 손발의 감각이 사라졌다. 심장 박동이 빨라지고 제대로 숨을 쉴 수 없었다. 과호흡이었다. 그때는 수면 부족이 이어졌기 때문이라고 생각했다. 그런데 그날 퇴근길에 전철을 타려다가 '아침 같은 일이 또 생기면 어쩌지?'라고 생각한 순간 다시 심장 박동이 빨라지기 시작했다고 한다.

과호흡 발작이 아무런 조짐 없이 찾아오는 건 아니란다. '다시 생길지 모른다'는 예기 불안이 방아쇠가 되어 동요와 식은땀, 호흡 곤란이 찾아온다.

"공황 장애는 뇌가 오작동하는 거래." 리사는 무슨 시스템

버그를 설명하듯 담담하게 말했다.

그러나 설명 구석구석에는 오랫동안 그 고통을 품어 온 사람 특유의 체념이나 수용이라고 할 수 없는 자조가 섞여 있었다.

"노래를 하라니, 그거 갑자기 생각한 거야?"

내 돌발 발언을 떠올렸는지 리사가 낮게 웃으며 물었다.

"전에 어디선가 들은 기억이 나서."

TV였는지 책이었는지는 기억나지 않는다. 폐소 공포증이 있는 사람이 노래로 기분을 달랬다는 에피소드였다. 증상은 다르지만 통화를 하다가 문득 그 얘기가 떠올랐다.

"병원에서도 그래. 증상이 시작되려고 하면 정신을 딴 데로 돌리라고. 고마워."

조그맣게 말했으나 그게 정말 효과가 있었는지는 그녀도 모를 것이다. 그래서 나 역시 액면 그대로 받아들이지 못하고 애매하게 고개만 끄덕였다.

문득 시선을 떨구었는데 낮은 테이블에 전에 산 여행 잡지가 놓여 있다. 리사가 "면허를 딸 거야."라고 했던 말이 떠올랐다. 전철을 타지 못하는 자신의 환경을 조금이나마 바꿔 보려는 것이다. 나도 회사를 관두기로 했음을 알려야 한다. 그러나 이런 분위기에서 꺼내기에는 너무나 갑작스럽다.

잡지 얘기는 언급하지 않고 TV 리모컨을 찾는 척하는데 리사가 생각난 듯 웃었다.

"그러고 보니 오늘 시모기타사와역에서 초등학교 학생을 봤어."

"초등학교?"

"응, 등교하는 학생들. 오랜만에 교복을 봤어."

"초등학생이 교복을?"

"어? 내가 말 안 했나? 나, 사립 초등학교 다녔어."

"아, 맞다. 얘기했어."

"토노는? 어떤 초등학교였어?"

이야기가 갑자기 예기치 못한 방향으로 흘러 긴장이 찾아온다.

나와 리사 사이에서 어린 시절 이야기가 나온 건 이번이 처음이었다.

지금까지 건드리지 않은 이유는 우연일까, 아니면 피차 피한 것일까. 알 도리는 없다.

초등학생 때 기억은 먼 과거라 어른이 되어 만난 관계에서는 굳이 물을 필요가 없었는지 모른다. 설사 물어본다 한들 아주 안 좋은 일이 있었던 게 아닌 바에야 대체로 추억으로 정착되어 있을 것이다.

따라서 숨길 이유가 없다.

그런데 죄책감 비슷한 게 가슴을 찌르는 이유는 역시 이야기하고 싶지 않기 때문이다. 그 무렵의 일들을 추억이라부르기에 내게는 너무 가까운 감정이었다.

"전학을 많이 다녀서."

그대로 화제를 피하기 위해 최대한 감정을 싣지 않고 대답한다.

그러나 리사는 흥미진진한 얼굴로 부엌에서 고개를 돌렸다.

"전학 다녔어? 처음 듣네."

"부모님 전근으로 여기저기."

"그래서 토노가 이사를 좋아하는구나."

좋아하나.

마음속으로 씁쓸하게 웃는다.

어릴 때는 이사를 좋아하기는커녕 제일 싫어했다. 내게는선택지가 없다. 그저 부모님을 따라 이사한다. 바라지 않아도 새로운 문 앞에 세워지고 그때마다 긴장과 순응을 되풀이했다.

그런데 지금은 이사하지 않으면 견디지 못하는 사람이 되어 있다.

리사가 부엌에서 나와 옆에 앉는다. 낮은 테이블에는 커피 잔이 두 개 놓여 있다. 그녀의 시선이 테이블의 여행 잡지로 흐르는 걸 보고 리모컨으로 손을 뻗었다.

"TV 켜도 돼?"

"응."

TV에서 장마는 더 있어야 끝난다는 뉴스가 나오고 있다. 조용한 실내에 앵커의 목소리만 울린다. 서로의 집에 있을 때 우리 사이에 그리 많은 대화가 오가지 않는다. 평소라면 이 정도 침묵은 아무것도 아니다. 그런데 왠지 오늘은 TV 소리가 너무 크게 들렸다. 리사가 물방울을 떨어뜨리듯 툭 말을 던졌다.

"앞으로 계속 비야?"

"그런 것 같아. 자전거 괜찮겠어?"

"회사는 걸어서 30분이니까."

"무리는 하지 마."

"응."

잠깐의 침묵 후 날씨 이야기의 흐름을 끊듯 리사가 화제를 바꿨다.

"회사 그만둬?"

리모컨을 든 손이 허공에서 멈춘다.

내 스스로 알려야 했을 화제가 뜻하지 않게 리사 쪽에서 먼저 나왔다. 어떻게 알았지? 문득 의문이 스친다. 그러나 지금은 그걸 되물어서는 안 될 것 같았다. 게다가 낮에 리사에게 어떻게 얘기할지 몇 가지 준비는 했는데 리사가 먼저 말을 꺼내는 경우의 수는 생각하지 못했다. 준비 부족으로 설명할 말이 나오지 않아 그저 "응."이라고만 대답했다.

"아직 쿠보타 부장한테만 말했는데."

"나에겐 사후 보고하고."

리사의 평온하기 그지없는 음색이 오히려 가슴을 저민다.

"미안해."

"아냐."

리모컨을 들고 조용히 TV를 껐다.

소리 없는 공간에 침묵이 퍼져 나간다.

다시 한 번, 이번에는 그녀 쪽으로 몸을 돌려 "미안해." 하고 말했다.

리사는 살살 고개를 흔들고 살짝 웃었다. 익숙한 듯, 체념한 듯, 언뜻 자조로도 보이는 듯한 웃음이었다.

"토노는 나랑 같이 있는 거 편하지?"

현관에서 신발을 신는데 갑자기 등 뒤에서 질문이 날아들었다.

"어? 응."

거짓은 아니다. '응'이라는 말 외에 뭐라고 대답해야 할지 생각나지 않았다.

"편한데 즐겁진 않지?"

"아니."

바로 던진 대답이 생각보다 너무 가볍다.

"그래?"

리사가 그냥 넘기려는 듯 대꾸하고 신발장 속을 응시하고 있다.

뭔가를 찾는 시늉을 하며 다음 말을 찾는 듯 보였다.

"나도 지금 회사가 즐겁진 않아도 편해. 우리처럼."

"응? 그게 무슨 소리야?"

되물었으나 리사는 신발장만 뒤지고 있다.

"회사에서 나 말이야."

이쪽을 보지 않고 담담하게 말했다.

"자연스럽게, 더 가까이하지 않고 '재는 그런 애야'라며 그냥 내버려두잖아. 눈이 마주치지 않으면 질문도 안 하고 말도 안 걸고."

전혀 막힘이 없었다.

틀림없이 수없이 자기 안에서 반추했을 터다.

혼잣말처럼.

어쩌면 아무에게도 이해받지 못할 것이라는 전제 아래 필사적으로 설명했으리라.

나에게 물어보면서도 전혀 대답을 기대하지 않는다는 게 전해진다. 나는 끼어들지 않고 침묵했다.

"그게 제일 편하잖아? 즐겁진 않아도 편하지."

말을 끝내고 접이식 우산을 내밀었다.

딱 그때만 리사의 시선이 모든 걸 꿰뚫어 보듯 나를 똑바로 응시했다.

"좀 비겁하지?"


즐겁진 않지만 편하다.

그것은 회사에서 취하는 내 존재 방식이다. 업무의 진척 정도를 이야기하는 동료들을 두고 이어폰을 낀 채 화면과 마주한다.

─자연스럽게, 더 가까이하지 않고.

점심시간에도 회식 자리에서도 흡연할 때도 끼지 않는다.

─원래 그러니까 그냥 놔둬.

최대한 다른 사람 일에 관여하지 않음으로써 감정의 흔들림이 생기지 않도록. 배려할 필요도 말을 신중하게 고르는 번거로움도 없다. 어떤 간섭도 없는 환경을 스스로 골랐다.

그날 이후 나와 리사 사이에서 퇴직 이야기가 나온 일은 없었다. 평소처럼 대화하는 듯해도 어딘가 보이지 않는 벽이 생긴 느낌이었다. 너무 가깝지도 너무 멀지도 않은, 지나치다 싶을 만큼 절묘한 거리감을 찾으면서 시간만 흘렀다.

프로젝트가 끝나갈 때쯤 인수인계 문제도 있고 해서 팀 동료들에게 퇴직 의사를 전했다.

그만둔다는 말을 꺼내자 돌아온 대답은 "아아." 하는 짧은 맞장구뿐이었다. 그 또한 내가 원해서 쌓아 온 관계성의 형태였다. 그럼에도 온도라고는 찾아볼 수 없는 반응이 마음에 꽂혔다.

그만두기 전 마지막 출근일.

흡연실에서 돌아오니 책상에 꽃다발과 봉투가 놓여 있었다.

봉투에는 〈레스토랑의 계산 실수였어요.〉라는 메모와 함께 사천이백 엔이 들어 있었다.

오노가 이쪽을 보지 않고 허둥지둥 자리에서 일어난다.

아무 말도 하지 않으려고. 어색하게 만들고 싶지 않아서.

누구도 묻지 않는다. 그만두는 이유나 앞으로 어떻게 지낼 것인가에 대해.

─눈이 마주치지 않으면 질문도 안 하고 말도 안 걸고.

그게 피차 편하다고 내내 생각해 왔다.

그러나 지금은 표현하지 못한 감사와 전하지 못한 고마움이 가슴속에 가득했다. 그래도 끝내 아무 말 못 하고 떠날 내 자신이 한심했다.

쿠보타 씨만이 아니다. 다들 다 알면서 그냥 놔둔 것뿐이다.

리사는 훨씬 전에 알아차렸을 것이다.

나 역시 인간관계의 편안함만을 선택했음을.

─좀 비겁하지?

오늘에야 그 말의 무거움이 느껴진다.

오늘 리사와 단 한 번도 눈을 마주치지 않았다. 그녀가 출근은 했는지 언제 집에 갔는지조차 모른다.

밤 9시를 넘어서자 여기저기서 사람들이 자리를 뜬다. 등을 돌린 채 손을 드는 사람, 기척만 남기고 사라지는 사람. 말을 거는 사람은 없다. 그때마다 조용히 공기가 옅어졌다. 마지막까지 자리를 지키는 게 무슨 의미가 있는지 모르겠다. 하지만 그게 최소한의 예의라는 생각이 들었다.

아무도 없음을 확인하고 가볍게 목례한 후 층을 나섰다.

엘리베이터에 타고 숫자 '1'을 누른다.

천천히 하강하는 감각이 몸에 무겁게 전해진다.

통과하는 층의 램프가 순서대로 켜졌다 꺼진다. 하나, 또 하나.

숫자가 줄 때마다 뭔가가 조용히 끝나 가고 있음을 느낀다.

스스로 선택한 끝이었다.

그러나 그 뒤에 뭐가 있을지 찾아본다거나 새로운 뭔가에 나선다는 마음은 아직 전혀 없다. 그저 일단은 끝낸다. 회사를 관두고 살던 집에서도 떠난다. 짐을 줄이고, 이제까지의 날들을 하나씩 버리고, 조용히 마감한다. 그게 지금의 내가 다음 문을 찾기 전에 할 수 있는 최소한의 정리 방법처럼 여겨졌다.

하나의 끝은 다른 끝과 연결되기도 한다. 마치 소리의 연쇄처럼.

〈토노를 여전히 좋아해.〉

회사를 관두고 며칠이 지났을 때 리사가 보낸 문자는 그렇게 시작되었다. 막연하게 이리될 줄 알았다. 그러나 알았다고 해서 상처가 얕은 건 아니다. 그저 조용히 마음 어딘가 가 가라앉는 듯했다. 마지막 문장에는 이렇게 적혀 있었다.

〈안녕. 미안해.〉

2년간 이어진 우리의 Re:Re:Re:…….

그 대화가 이렇게 끊겼다.

어떻게 답장해야 할지 생각했다. 그러나 그 어떤 말도 닿을 것 같지 않았다.

너무 가벼웠고 너무 늦었다. 그저 자기만족에 지나지 않는다.

결국 아무것도 전하지 못한 채 화면을 닫았다. 그게 나라는 인간이라고 지적받는 듯했으나 어쩔 수 없었다.

∴

토노는 내 이름을 부르지 않는다.

사귀기 전이나 사귀고 나서 초반에는 '미즈노'라고 불렀는데 그 호칭은 어느새 사라졌다.

이름을 부르지 않는다고 해서 대화가 안 되는 것도 아니고, 눈을 맞추는 것만으로도 충분했다. 그러나 문득 이름을 부르지 않는다는 사실을 깨달았을 때 나는 잠깐 그 이유에 대해 생각해 봤다.

토노는 큰소리를 내지 않는다. 그렇기에 만나기로 한 장소에서 이름이 불려 고개를 돌릴 일이 없다. 그저 살짝 다가와 옆에 선다. '너'라는 표현도 쓰지 않는다. 당연히 '그쪽'이라고도 하지 않는다. 괜한 말을 할 바에는 아무 말도 하지 않는다. 그는 그런 사람이다.

나는 늘 '토노'라고 불렀다.

몇 번인가 '타카키'라는 이름을 부르기도 했다. 그런데 이름을 부를 때마다 그가 두르고 있는 무언가를 흐트러뜨리는 느낌이 들어서 그만뒀다.

'토노'가 딱 좋았다.

틀림없이 토노도 마찬가지였을 것이다.

연하의 연인에게 '미즈노'라고 불리는 건 좀 서먹하고 '리사'도 아닌 것 같다. 둘 다 나에게 어울리지 않는 듯하다. 그는 아마도 나를 어떻게 부를지 찾지 못했을 것이다.

그걸 섭섭하게 생각한 적은 없다.

오히려 그게 토노의 방식이라며 특별하게 여기기도 했고, 이름을 부르지 않아도 서로를 이해하는 관계인 점이 기쁘기도 했다.

그렇지만 혹시 언젠가 들을 수 있다면 듣고 싶었다.

마음속으로는 나를 어떻게 부를까?

토노와 나는 생각 대 말의 비율이 비슷했다. 그게 함께할 수 있었던 이유였는지 모른다. 보통 사람과 대화할 때 느껴지는 어색함이 토노와 있을 때는 느껴지지 않았다.

곧바로 대화를 못 한다. 아니, 할 수 없다.

열띤 말은 대체로 전하기에 너무 이르다. 그렇기 때문에 차가워지기를 기다린다.

물어보고 싶은 게 있어도 대답을 재촉하지 않는다. 상대 안에서 말이 되기를 기다린다.

그래서 질문으로 그친 말이 여럿 있다.

장래 희망이 뭐였어?

언제 처음으로 혼자서 전철을 탔어?

토노는 어디 가고 싶어?

그는 주로 이렇게 말한다.

글쎄, 언제일까, 어디일까.

함께 있음에도 토노의 과거가 선명하게 보이지 않았고 미래가 보이는 일도 없었다.

그저 나란히 걷고 같은 음식을 먹고 이따금 서로를 보듬는다.

그게 다였다.

토노의 일상에서 나는 어느 정도의 무게로 존재할까.

날마다 벌어지는 일들은 그에게 점으로만 존재하는 듯 보인다. 어딘가로 이어지거나 형태가 되지 않은 채 그저 거기에 존재할 뿐인 점. 그래도 그 점이 언젠가 선이 되리라고 생각했다.

조금씩 길어지고 짙어지기를 바라 온 지 2년이 지나려 하고 있다.

그러나 이사건 퇴직이건 그가 내리는 결단의 이유에 나는 없었다.

그때 결정적으로 깨닫고 말았다.

아무리 오랫동안 함께해도 그 시간만큼 거리가 가까워질 일은 없음을. 그런데 이상하게도 실망스럽지 않았던 이유는, 처음부터 내가 그의 시간 속에서 걷고 있는 게 아니라 조금 떨어져서 그의 곁을 걷고 있을 뿐임을 어렴풋이 알고 있었기 때문이다.

무슨 일이 있어도 하나가 되지 못할 그 거리는 틀림없이 토노에게 적정한 거리일 것이다. 그러나 나는 그걸 넘어서고 싶다는 마음을 늘 상대가 알아차리지 못하도록 조용히 통째로 삼켜야 했다.

여름과 겨울 중에는, 여름이 좋아.

비와 눈 중에는, 비가 좋아.

그렇게 말했을 때 토노의 마음에는 어떤 풍경이 떠올랐을까.

그 풍경 속에 나는 없다.

없어도 성립되는 기억의 한 장, 한 장.

시선을 드니 벽에 걸린 달력이 보인다.

작년 말 함께 고른 계절 풍경화를 담은 달력.

이제 며칠만 지나면 달력상으로 여름이 끝난다.

아무 말도 하지 않으면 다시 함께 지낼 새로운 계절이 찾아온다. 그러나 이미 알고 있다. 앞으로 몇 번의 여름을 함께 지내더라도 나는 토노의 여름 속에 남지 못한다. 여름만이 아니다. 가을도, 겨울도, 봄도.

앞으로 쭉 어떤 날에도 틀림없이 남지 못한다.

그렇게 생각한 순간 눈앞의 시간이 딸깍 바뀌는 느낌이 들었다.

생각을 언어로 표현하고 싶었다. 종이를 찾다가 문득 테이블에 놓인 휴대 전화가 눈에 들어왔다.

휴대 전화를 열어 문장 하나를 썼다.

〈토노를 여전히 좋아해.〉

이후에는 손가락이 제멋대로 움직였다.

지금 막 떠오른 생각들이 아니다.

늘 생각했던 것. 계속 말하지 못했던 것.

말이 솟구치는 대로 쓴다.

깎아 내거나 고르거나 다듬지 않는다.

망설임이 따라오지 못할 속도로 문자를 쓴다.

평소라면 더 생각했을 것이다. 어디까지 전할지, 어디서 멈출지, 토노가 어떻게 읽을지 상상하면서 신중하게 단어를 선택했다.

지금은 아니다.

우리는 지나치게 생각을 표현하지 않는다.

그러니 지금만큼은.

작은 화면이 내 언어로 메워진다.

내 손가락이 마지막으로 쓴 문자에 나 자신도 조금 놀란다.

다시 읽어 보지 않고 발신 버튼을 눌렀다.

# 제4장

이삿짐은 금방 쌌다.

칫솔 하나, 머그 컵 하나, 베개 하나. 상자에 넣는 물건은 늘 똑같다. 생활에 필요한 것만 종이 상자에 들어간다.

2년을 살았음에도 남는 게 없는 집이었다. 리사와의 추억이 담긴 물건도 없다. 서로의 집에 개인 소지품을 두지 않은 이유는 언젠가 이런 날이 오리라고 어느 정도 예감했기 때문일까. 지금 와서 확인해 볼 도리는 없다.

휴대 전화가 진동한다.

〈새 주소 알려 줘. 또 보낼 게 있다.〉

아……. 낮은 소리가 흘러나온다.

잊고 있었다. 방 한구석에 아직 열지도 않은 채 놓여 있는 종이 상자를 본다.

수없는 부재중 알림 끝에 드디어 받은 택배.

상자를 여니 새콤한 향기가 쏟아지며 여기저기 상처가 난 버씨가 보였다.

실수했네. 너무 늦었다.

처분할 마음조차 들지 않아 그대로 바닥에 똑바로 누워 천장을 바라본다.

몸이 기억하는 감각이 신체를 급습한다.

초등학교 여름 방학 마지막 날. 그림 일기 숙제를 떠올렸을 때와 비슷한, 하려고 마음만 먹으면 할 시간이 충분한데 미뤄 놓은 채 이미 돌이킬 수 없는 순간을 맞이할 때의 감각이다.

이대로 수없이 같은 일을 되풀이할 수 없다.

어디서부터 손을 써야 할지 모르겠다. 그러나 무언가가 끝난 만큼의 여백을 서둘러 메우려 하지 않겠다는 결심은 있다.

창밖에서 빗소리가 섞인 주오선 소리가 들린다. 오기쿠보, 미타카, 아사가야, 나카노—혼자 살기 시작하고 나서 줄곧 이 노선을 따라 이동했다. 한곳에서 계속 살지 않고 어디서 살든 조금 지나면 다른 곳을 찾고 있었다. 다른 데로 이사를 가도 처음부터 임시 거주지 같았다.

그것은 틀림없이 어릴 때 물든 마음의 습관이다.

누구를 만나건 언제 이별하건 아무렇지 않을 수 있도록.

하나의 장소에 그리 오래 머물지 않도록.

지금 생각하면 내 뜻대로 사는 장소를 선택했음을 잊지 않기 위해서였을지 모른다.

그러나 이번에는 처음으로 '다음'을 선택했다.

오다큐선 변에 있는 고토쿠지.

내가 1990년부터 1993년까지 살았던 곳.

아카리와 만난 곳이었다.


아카리는 1991년 1월, 그러니까 초등학교 5학년 3학기 때 전학을 왔다.

이 시기의 전학은 드문 일이라 쉬는 시간이 되자마자 옆 반 여학생들까지 흥미진진한 표정으로 찾아와 복도에서 들여다봤다.

"누구야?"

"토노 옆자리."

누군가가 말하자 시선이 일제히 이쪽으로 쏠아졌다.

내 옆자리에 앉은 아카리는 고개를 숙이고 아무 소리도

내지 않았다. 마치 공기처럼 조용했다. 그 모습에 여학생들은 기대한 바에 미치지 못한다는 얼굴로 금세 돌아갔다.

급식 시간이 되자 아카리가 조그만 런치 매트를 책상에 깔았다.

그것을 보고 교실 여기저기서 소곤거리는 소리가 퍼졌다.

다들 쟁반을 들고 있다. 런치 매트 같은 걸 사용하는 애는 없다.

아카리는 주변과의 차이를 알아차리고 얼굴을 붉히며 서둘러 매트를 책상 서랍에 집어넣었다. 그러고는 다시 고개를 숙였다.

그 모습에 과거의 나를 보는 느낌이 들었다.

전학은 이전의 인간관계만 사라지는 게 아니다. 그 땅의 상식, 가치관 등 모든 게 다 백지로 돌아가는 것이다. 이전에 살던 데서는 당연했던 일이 새로운 곳에서는 때로 이질적인 게 된다.

무슨 말이든 해 줘야 했다.

그럴 수 있는 사람은 나밖에 없으니까. 그러나 순간적으로 내뱉은 말은 너무나 평범했다.

"괜찮아."

아카리는 놀라며 고개를 들었다.

"혹시 칫솔도 가져왔어?"

경험에 비추어 질문했더니 아카리는 살짝 고개를 끄덕이고 칫솔 파우치를 꺼내려 한다.

"이 학교는 이 닦는 습관이 없어."

조그맣게 덧붙였더니 아카리는 아무도 보지 못하게 파우치를 얼른 가방에 넣었다.

5교시 수업 중에 몰래 노트 구석에 글을 써서 옆자리의 아카리에게 보여 줬다.

〈체육관용 실내화, 여자는 노란색이 인기.

역 앞 요시미야에서 팔아.

운동장의 제일 오른쪽 수도는 사용하면 안 돼.

바퀴벌레 물이라고 불러.〉

생각나는 대로 이 학교에 대한 '상식'을 끼적였다. 아무도 가르쳐 주지 않지만 모르면 다른 세계 사람으로 취급되는 '상식'을.

얼마 후 아카리의 노트가 슬쩍 이쪽으로 넘어왔다.

거기에는 〈고마워.〉라고 적혀 있었다. 한 글자씩 선을 덧쓰기라도 한 듯 정성스러운 글자였다.

〈나도 전학생이라.〉

그렇게 덧붙이자 아카리는 훌쩍 고개를 들었다.

긴 머리에 숨겨져 이제까지 알아차리지 못했는데 아카리의 눈동자는 상상보다 훨씬 반짝이는 밝음을 담고 있었다.

처음으로 아카리의 눈을 본 순간이었다.

방과 후 나는 아동관(방과 후 자유롭게 찾아가 다양한 활동을 하는 장소와 프로그램 - 옮긴이 주)에서 지낼 때가 많았다.

외아들인데 학원도 안 다닌다. 피구나 야구도 좋아하지 않는다. 특별한 계획이 없는 초등학생에게는 아동관이 딱 좋았다.

아카리도 분명 비슷한 처지였을 것이다.

다목적실은 늘 북적였다. 사람들은 블록이나 인생 게임을 했다. 반대로 도서실은 썰렁하니 조용하고 인기척이 전혀 없었는데 나는 그 공기가 좋았다.

아카리와 단둘이 될 때가 많았던 장소도 도서실이었다.

붙어 있지도 않았다. 각자 좋아하는 의자에 앉아 책가방에서 숙제를 꺼낸다. 학교 밖에서 처음으로 아카리와 이야기를 나눈 건 아마 이때였을 것이다.

그날의 숙제는 '좋아하는 책 소개하기'였다.

만화도 괜찮다고 해서 도서실 책장에서 위인전 만화 시리즈를 골랐다. 어쩌다 나쓰메 소세키를 골랐는데 페이지를 넘겨도 『마음』의 선생님이 도대체 무슨 생각을 하는지 알 수 없었다.

이 상태로 같은 줄을 여러 번 읽다 보니 집중력이 완전히 바닥을 드러냈다.

고개를 들었을 때 창으로 석양빛이 들어오고 있었다.

숙제는 한 글자도 쓰지 못했다.

문득 아카리가 있는 쪽을 보니 아카리는 붉은색 표지로 된 잡지를 잠자코 읽고 있었다.

벽시계를 본다. 이제 곧이다.

창밖으로 고개를 돌려 그 순간을 기다린다.

내 시선을 느낀 아카리도 따라서 같은 방향을 봤다.

5시 31분. 오다큐선 급행이 통과하는 시간.

늘 이 시간을 신호로 집에 갈 준비를 시작했다. 물론 그런 내 습관을 아카리가 알 리 없다.

멀리서 낮은 진동음이 울리기 시작한다.

진동음이 점점 다가오다가 이윽고 다시 멀어졌다.

"오다큐선."

중얼거렸더니 아카리가 이쪽을 봤다.

"알아? 열차 소리가 매일 조금씩 달라."

의기양양하게 말했는데 살짝 부끄러웠다. 부끄러움을 숨기려고 일부러 소리 내어 책가방을 닫았다.

"왜 달라?"

뜻밖에 진지한 목소리가 돌아왔다.

"공기 탓인지, 타고 있는 사람의 무게 탓인지는 몰라. 날씨에 따라서도 달라져."

"그렇구나."

감탄한 것처럼 보이니 오히려 더 부끄러워졌다. 서둘러 화제를 바꾼다.

"그거 뭐야?"

책상에 놓인 붉은 잡지를 가리키자 아카리는 표지를 보여줬다.

월간 과학 잡지였다.

"재밌어?"

"몰라. 그게 더 재밌어 보여."

아카리는 내가 들고 있는 나쓰메 소세키를 가리켰다.

내 손에 있는 책과 아카리의 책을 번갈아 봤다. 그리고 서로 아무 말없이 책을 교환했다. 우리는 폐관 종소리가 울릴 때까지 나란히 앉아 묵묵히 페이지를 넘겼다.

아동관을 나와 집에도 같이 갔다.

신사 옆을 통과할 때 언제나 담벼락 위에 검은 고양이가 있었다.

"미미."

내가 부르자 고양이는 귀를 쫑긋하고 이쪽을 돌아본다.

"미미가 이름이야?"

"뭐라고 불러도 돌아봐."

쵸비, 아메. 시험 삼아 다른 이름으로 불러도 고양이는 변함없이 이쪽을 바라본다.

"타카키."

갑자기 내 이름을 부르는 소리에 돌아보니 아카리가 고양이를 보고 있다. 그제서야 내가 아니라 고양이를 부르고 있음을 깨닫는다. 살짝 부끄러워 얼버무리려고 할 때였다.

"진짜다! 뭐라고 부르든 이쪽을 보네."

아카리는 그렇게 말하고 소리 내어 웃었다.

이렇게 웃는구나. 전학 온 첫날 고개만 숙이고 있던 인상과는 완전히 달랐다.

타카키……. 아카리에게 그렇게 불린 것도 그때가 처음이었다. 그때는 내 이름이 누군가의 목소리에 실린 것만으로도 세계 속에 분명히 내가 '존재하는' 것 같았다.

우리는 봄 방학에도 아동관에서 만나 대부분의 시간을 함께 보냈다.

말하지 않아도 괜찮았고, 일단 말을 꺼내면 끝날 줄 몰랐다. 이야기가 막히는 일도, 지나치게 얘기했다고 후회하는 일도 없다. 그런 편안함이 아카리와 나 사이에 흘렀다.

아카리가 나쓰메 소세키를 읽는 동안 나는 과학 잡지를 하나씩 읽어 나갔다. 봄 방학이 끝날 무렵에는 일곱 권을 읽었다. 정신을 차려 보니 우주 과학에 푹 빠져 있었다.

블랙홀 내부에서는 시간이 멈춘다는 것.

바닷물의 밀물과 썰물은 달의 인력으로 발생한다는 것.

무수한 은하가 우주의 끝을 향해 지금도 한없이 확장하고 있다는 것.

읽을수록 하늘과 바다와 바람 같은 익숙한 풍경이 조금씩 다른 의미를 지니기 시작했다. 이대로 지식이 늘어나면 이 세계를 훨씬 잘 이해하게 될 듯했다.

그 무렵의 나는 그런 예감이 샘솟아 배운 걸 전부 아카리에게 말했다.

"지구에 접근하는 소행성이 있대."

"진짜? 언제 지구와 충돌해?"

"충돌하면 지구는 멸망해."

"어? 그게 언젠데?"

아카리는 숨을 멈추고 내가 펼친 페이지를 들여다봤다.

그런 아카리를 보며 문득 생각했다. 아마도 우주에 대해 이렇게 이야기해 줄 상대가 더는 없을 거라고.

"타카키는 앞으로 우주 비행사가 될 것 같아."

"합격률이 낮아."

"그래도 타카키라면 할 수 있어. 그런 예감이 들어."

아카리가 말하면 정말 그런 미래가 가능할 것 같아진다. 불가사의했다. 아카리는 늘 형태를 갖추지 못한 가능성을 믿게 한다.

아카리와 있으면 항상 새로운 문이 나타났다. 그러면 나는 그 문을 열고 또 다른 문으로 나아가리라는 감각을 품을 수 있었다.

어느 날 반 남학생들이 나를 놀리려고 왔다.

내가 읽는 과학 잡지를 알아봤을 것이다.

"토노, 우주 비행사라도 될 생각이야?"

"애가 될 리가 있겠냐?"

그런 말을 남기고 웃으며 사라지는 그들의 등에다 대고 아카리가 조그맣게 중얼거렸다.

"바보."

퍼뜩 돌아보니 아카리가 그들을 가만히 노려보고 있었다.

아카리의 입에서 그런 말이 나올 줄은 상상도 하지 못

했다.

"아카리도 바보라는 말을 하는구나."

"당연하지. 처음이긴 하지만."

아무리 생각해도 아카리와는 어울리지 않는 말이었다.

그런데도, 아니 그래서 더.

이상하게도 나를 위해 선택한 그 한마디가 나를 너무 기쁘게 만들었다. 이 기쁨을 전달해야 한다는 생각은 못했지만 아카리가 웃어 주기에 나 역시 똑같은 웃음을 돌려주었다.


아동관이 쉬는 날 아카리와 나는 구립 도서관에 갔다.

비디오 코너에 학습용 책상 정도 넓이에 칸막이가 있는 조그만 부스가 늘어서 있었다. 각 공간에 TV가 설치되어 있어서 이어폰을 끼면 영화를 볼 수 있었다. 평소에는 따로따로 책을 읽거나 숙제를 했는데 그날은 둘이 같이 영화를 보기로 했다.

대여 비디오테이프 칸에 동서고금의 영화 제목이 빼곡했다.

"뭘 빌릴까?"

아카리가 손가락으로 비디오테이프 등 라벨을 훑으며 물

었다. 망설임이 느껴졌다.

아카리는 늘 망설인다. 전에도 주스 자판기 앞에서 내내 고민했다.

"아카리는 정말 자주 망설여."

이미 커피 우유를 고른 나는 빨대를 꽂으면서 말했다. 아카리는 곤혹스러운 표정을 지으며 웃었다.

"그야 다 맛있으니까."

"둘 다 눌러 봐."

생각나는 대로 말했는데 아카리는 진지한 얼굴로 동시에 두 개 버튼을 눌렀다.

나온 음료는 나와 같은 커피 우유였다.

뜻밖의 결과에 우리는 낙담하면서도 웃었다.

영화도 좀처럼 고르지 못한다.

그러나 나는 아카리의 선택을 기다리는 게 싫지 않았다. 자판기 때와 마찬가지로 영화가 재밌지 않더라도 아카리와 함께라면 웃을 수 있다는 확신이 있었다.

"눈 감고 고르면?"

내 제안에 아카리는 그런 방법이 있었냐는 듯 신나서 눈을 감고 손가락을 상하좌우로 움직였다.

선택된 영화에는 돌고래가 바다를 날고 있는 포스터가 있었다.

모르는 제목이었으나 우연의 힘을 믿고 우리는 그 영화를 보기로 했다.

브라운관 TV 앞에 앉아 이어폰을 하나씩 나눠 끼었다.

영화는 소꿉친구인 두 남자 다이버가 맨몸으로 해저까지 가기로 하고 기록을 다투는 내용이었다. 두 사람은 라이벌이자 친구인 그 둘밖에 모르는 세계를 서로를 이해하듯 깊이, 더 깊이 내려간다. 안전장치가 없는 그 경기는 한계를 넘어야만 얻어지는 정적을 추구하는 듯해서 고독하면서도 아름다웠다.

수심 오백 미터.

그곳은 빛이 들어오지 않고 소리도 사라져 오직 정적만이 펼쳐져 있었다.

화면 너머의 풍경인데도 나는 그 어두운 바다에서 본능적인 공포를 느꼈다.

그러나 화면 속의 두 다이버는 망설임 없이 어둠을 향해 나아간다.

마치 그것 외에는 자신들을 지킬 방법이 없다는 듯.

둘 다 고통을 안고 있고 둘의 고통은 보기만 해도 가슴이 아팠다.

마침내 한 사람이 바다에서 목숨을 잃는다.

다른 하나는 살아남는다.

옆에서 숨을 멈추는 기척이 전해졌다.

슬쩍 보니 아카리의 눈에 눈물이 그렁그렁했다.

이렇게 가까운 거리에서 누군가의 눈물을 보는 건 처음이었다.

갑자기 어찌해 볼 도리 없는 불안이 엄습했다.

정신을 차리니 나도 울고 있었다.

그 눈물이 바다에서 목숨을 잃은 다이버에 대한 것인지.

남은 사람을 위한 것인지.

아니면 아카리의 눈물 때문인지.

구별할 수 없었다.

그저 가슴이 아프고 슬펐다.

소꿉친구 다이버들은 누구보다 깊이 서로를 이해했을 텐데 그 깊이가 오히려 이별을 재촉한 듯 보였다.

강하게 묶인 것과 멀리 떨어지는 것은 종이 한 장 차이일지 모른다.

돌아오는 길에 아카리가 툭 내뱉었다.

"해저는 우주와 비슷하네."

같은 생각을 했구나.

그러나 '같은 생각을 했다'는 사실을 말하는 게 두려웠다.

말해 버리면 틀림없이 아카리와 더 가까워진다.

그리고 가까워진 만큼 언젠가 멀어질 날이 올 거라는 예감이 들었다.

또 울음이 터질 것 같아서 "응."이라고만 하고 입을 꾹 다물었다.

그때 처음으로 아카리와 함께 있으면 열릴 문 앞에 둘을 가로막는 문이 기다리고 있을 수 있다는 불안을 얼핏 느꼈다.


우리가 6학년이 된 봄이었다.

비가 갠 길은 아직 젖어 있고 공기에는 냉기가 남아 있었다.

그러나 통학로에 핀 벚꽃은 이미 활짝 펴 있었다.

봄이 하나씩 지나갈 때마다 어른에 다가간다고 생각하자 마음만큼은 아주 조금 커진 느낌이다.

"어른이 되면 뭘 하고 싶어?"

나란히 걷는 아카리에게 물었다.

"글쎄, 뭘까. 타카키는?"

"아주 많은데 일단은 혼자 살 거야. 좋아하는 데서 살고 이사도 안 갈 거야."

"그 마음 나도 알아."

아카리가 깊이 고개를 끄덕였다.

이 감각은 이사를 되풀이해 온 우리밖에 모른다.

"부모님이 또 전근 갈 것 같아?"

"아마도. 아카리네는?"

"우리는 이제 안 간대. 이대로 도쿄에 살려나."

"좋겠다."

나도 모르게 튀어나온 말이었다.

갑자기 기분이 축 처져 발만 바라보며 걷는다. 젖은 아스팔트에는 사람들이 밟고 지나간 꽃잎이 달라붙어 있다.

"있잖아."

갑자기 아카리의 목소리가 멀어져 살짝 고개를 든다.

"초속 5센티미터래."

"응, 뭐가?"

아카리는 벚꽃을 올려다보고 있었다.

"벚꽃 잎이 떨어지는 속도. 초속 5센티미터."

그렇게 말하고 손바닥을 펼쳤다.

꽃잎 한 장이 아카리의 손바닥에 살랑살랑 떨어져 앉았다.

"꼭 눈 같네."

눈은 더 차갑고, 더 조용하다.

"그런가?" 내가 되물었다.

그때 열차 건널목에서 소리가 울렸고 아카리가 달려갔다.

"이, 기나려!"

서둘러 쫓아가려고 했으나 이미 늦었다.

차단기가 내려오고 선로 너머에서 아카리가 우산을 펴고 웃으며 말했다.

"내년에도 같이 벚꽃을 볼 수 있으면 좋겠다."

오다큐선이 우리 사이를 통과한다.

아카리의 말에 나는 당연하다는 듯 마음속으로 고개를 끄덕였다. 약속은 다 이루어지는 줄 알았다. 내년에도, 앞으로도 쭉, 틀림없이 이렇게 벚꽃을 보리라고 믿어 의심치 않았다.

그러나 실제로는 이듬해에도, 이후로도 아카리와 벚꽃을 보는 일은 두 번 다시 일어나지 않았다.


아카리는 초등학교를 졸업하고 도치기로 이사를 갔다. 나도 중학교 2학년 때 가고시마의 다네가시마로 전학을 가게 되었다.

아카리를 다시 만난 건 다네가시마로 떠나기 전 딱 한 번

뿐이었다.

그 뒤로는 아카리를 만나지 못했다.

이따금 불가사의하게 여겨진다.

어째서 기억은 이토록 부재의 형태를 띠고 있을까.

분명히 함께한 일들이 떠오른다. 그런데도 짙게 남은 것은 상실이라는 감정이다.

내뱉지 못한 말. 전하지 못한 마음. 지키지 못한 약속.

이어지지 못한 시간 쪽이 늘 강하게 남아 있다.

메우지 못한 공백은 초조와 고통으로 바뀌어 지금도 내 안으로 흘러든다.

첫사랑이기 때문일까.

만약 사춘기라면 다네가시마에서 지낸 중고등학교 5년 동안이 훨씬 더 사춘기란 단어에 어울리는 시기였을 것이다.

다만 그 5년은 그저 아카리가 없는 세계를 확인하는 시간에 불과했던 것 같다.

어떻게 해야 이 상실에 매듭을 지을 수 있을까.

그것만 생각했으나 결론을 내리지 못한 채 어느새 이십 대의 끝을 맞이하고 있었다.

막 이사한 고토쿠지의 원룸에서 짐을 푼다. 가구며 이삿짐이 최소한이라 그리 많은 시간이 들지 않을 터라 하는 김에 다 정리하기로 했다.

커튼이 부풀며 눅눅한 바람이 집 안으로 들어온다.

창문을 닫으니 멀리서 천둥소리가 울렸다.

장마는 끝났을 텐데 올해는 천둥번개를 동반한 비가 많이 내리는구나. 게릴라성 호우. 비 내리는 방식에마저 이름을 붙이는 여름이었다.

쌓여 있는 상자 하나에 유성펜으로 '다네가시마'라고 적혀 있었다.

이사할 때마다 가지고 다닐 뿐 열어 보지도 않고 곧장 벽장 안으로 직행하는 상자다. 벌써 10년 가까이 안을 보지 않았다. 무엇이 들어 있는지조차 기억나지 않는다.

그런데 오늘은 왠지 손이 갔다.

테이프가 다 말라서 끝이 살짝 들떠 있다. 벗기자마자 먼지 냄새가 일었다.

상자 안에서 색 바랜 물건들이 나왔다.

옛날 과학 잡지. 너바나, 라디오헤드, 비스티 보이즈의 CD. 포장이 벗겨진 구형 휴대 전화.

그것들을 보니 다네가시마의 공기가 설핏 되살아났다. 그러나 아카리를 떠올릴 때처럼 말로 표현할 수 없는 껄끄러운 느낌은 아니다.

과학 잡지 하나를 펼치니 '우연의 법칙'이라는 제목이 눈에 들어왔다.

몬테카를로 방법. 확률과 난수.

고등학생 때 읽고 또 읽은 기사다. 낯선 도시에서 옛 친구와 스칠 확률은 시간과 행동의 패턴에 따라 지수 함수적으로 변동한다는 것이다.

사실 우연은 우연이 아니다. 무수한 분기점 위에 성립된 한없이 필연에 가까운 것이다.

처음 이 기사를 읽었을 때 조금은 구원받은 것 같은 느낌이었다.

그리고 지금이다.

나는 실제로 그 분기점에 서 있다.


"토노?"

신주쿠역 남쪽 출구를 빠져나오는데 어떤 여자가 내 이름을 불렀다.

마침 우산을 접고 있었다.

오전에 내리던 집중 호우가 거짓말처럼 멈춰 공기가 가벼워졌다.

돌아보니 한 여자가 숨을 몰아쉬며 이쪽을 보면서 웃고
있다.

"맞네!"

순간 이곳이 어딘지 알 수 없었다.

인파 너머로 신주쿠의 거리와 다네가시마의 바람이 교차
했다.

고등학교 때 선생님이었다.

급한 모양인지 "일단," 하며 명함을 건넨다.

코시미즈 미도리.

낯선 성을 물끄러미 응시하자 밝은 목소리로 말했다.

"아, 결혼했어."

명함을 달라고 했는데 퇴사한 회사의 명함밖에 없기에 그
냥 건넨다.

"연락할게."

그녀는 짧게 말하고 조금 안타까운 듯 돌아보며 북적이는
인파 속에 섞였다.

선생님의 옛날 성이 바로 생각나지 않았다. 대신 여동생
이름이 먼저 떠오른다.

―스미다. 스미다 카나에.

스미다와는 같은 중고등학교를 다녔다.

우리는 종종 하굣길에 동행했다.

스미다는 서핑을 해서 늘 새까맣게 타 있었다.

어제 '다네가시마' 상자를 열었을 때는 아무것도 기억나지 않았는데. 기억은 이따금 논리를 넘어 찾아온다.

파도가 발에 닿을 때처럼 갑자기.

그때 스미다에게 빌려준 CD는 라디오헤드의 『파블로 허니』였다.

주머니에서 이어폰을 꺼내고 어제 아이폰에 넣어 놓은 앨범에서 당시에 가장 자주 들었던 곡을 재생한다.

기타 인트로가 흐른다.

그 소리 사이로 파도 냄새와 다네가시마의 풍경이 번지듯 떠올랐다.

　나는 아버지의 전근으로 여러 번 이사를 다니고 두 차례 전학을 갔다.

　초등학교 때 나가노에서 세타가야로 갔고, 그곳에서 아카리를 만났다.

　사립 중학교 시험을 같이 치렀지만 나 혼자만 진학했다. 그 중학교마저 고작 1년만 다니고 다네가시마로 전학을 갔다. 지금 생각해 보면 섬의 고등학교를 졸업할 때까지 인생에서 제일 오랫동안 한 장소에 머물렀던 시간은 5년이었다.

　다네가시마에는 고등학교가 두 개밖에 없어서 고교생은 스쿠터 통학이 허용되었다.

　매일 아침 혼다 커브를 타고 15킬로미터 떨어진 나카타네에 있는 고등학교까지 편도 30분을 달린다.

아침에는 바다를 배경으로, 저녁에는 저무는 태양을 향해 섬을 관통하는 외길을 나아갔다. 엔진의 규칙적인 소리와 피부를 가르는 바람. 커브를 탈 때만큼은 '나아가고 있다'는 감각을 느꼈다.

섬 생활에서 가장 귀중한 것은 그 실감이었다.

섬의 풍경은 언제나 평온했다.

고양이가 퍼져 있고 마당의 개는 온종일 꼼짝하지 않는다. 트랙터는 풀에 잠겨 있고 편의점조차 소리를 내지 않는다. 변함없는 풍경은 나를 안심시키는 동시에 어느 곳으로도 이어지지 않는 정체감을 느끼게 했다.

그러한 나날 속에서 시간의 움직임을 느낄 수 있는 장소가 하나 더 있었다.

바로 궁도장이었다.

고등학교에서 궁도부에 들어간 나는 해 질 녘의 도장에서 활을 쐈다.

다섯 명이 나란히 서는 가로로 긴 활터에서 과녁까지의 길이 중정처럼 펼쳐져 있다. 그 공간에 석양이 비스듬하게 비치고 바닥에는 빛과 그림자가 또렷하게 나뉘는 경계선이 그어진다. 나는 그 선을 찢을 듯 활을 당기고 빛을 향해 화살을 쐈다.

과녁이 화살에 맞는 순간 시간이 한 점에 응축되는 듯한 느낌이 들었다. 멈추는 게 아니라 오히려 그 순간부터 시간이 나아가기 시작하는 것 같았다. 시속 30킬로미터의 커브로 달릴 때와 비슷했다고나 할까.

섬 생활에서 나를 앞으로 나아가게 하는 건 그 두 가지뿐이었다.

어디로 향할지, 무엇이 기다리는지 몰랐지만, 적어도 그 순간만은 확실히 '앞으로 나아간다'고 느낄 수 있었다.

동아리 활동을 끝내고 자전거 주차장으로 갔다. 인기척이 나는가 싶더니 소음 하나 없는 어둠 속에서 목소리가 들린다.

"토노, 지금 가?"

자세히 보니 스미다 카나에였다.

역시, 라는 생각이 앞섰다. 기이함이나 놀라움은 없었다.

스미다는 내가 전학 간 섬에서 중학교 2학년 때 같은 반이었는데 당시에는 거의 이야기를 나누지 않았다. 같은 고등학교에 들어가고 나서 자전거 주차장에서 얼굴을 볼 일이 늘어나 마침내 자연스럽게 대화를 나눌 수 있게 되었다.

"응, 스미다는 오늘도 서핑?"

"응."

"열심이네."

스미다는 아직 마르지 않은 머리에 손을 대며 살짝 웃었다.

그녀는 서핑을 좋아해서 학교 말고는 대체로 바다에 있었다.

우리는 자전거 주차장에서 만나면 커브를 타고 학교에서 조금 떨어진 아이숍이라는 편의점에 들른다.

각자 음료수를 들고 수다를 떨다가 다 마시면 다시 커브에 오른다. 중간 갈림길에서 가볍게 손을 흔들고 다시 보자며 헤어져 각자 귀로에 오른다.

그런 날이 습관처럼 이어진다.

어느 날 종이 팩에 든 데일리 커피를 마시고 있는데 스미다가 말했다.

"토노, 늘 그거 마시네."

"도쿄에서는 안 파니까. 귀하잖아."

"어머, 그래?"

그렇게 말하는 스미다 역시 오늘도 어김없이 요구르페를 마시고 있다.

좀 더 가까운 사이가 되면 "맛있어? 무슨 맛이야?", 혹은 농담처럼 "한 입만." 하는 대화가 이루어질지 모른다. 그러나 우리 사이에 그런 식의 대화는 이어지지 않는다. 자연스러운 건지, 아니면 어딘가 선을 긋는 건지 나도 잘 모르겠다.

서로 조용히 음료를 마시는데 스미다가 뭔가 떠올랐는지 가방을 뒤지기 시작했다.

"이거. 고마워."

내가 빌려줬던 라디오헤드의 『파블로 허니』 CD를 양손으로 공손하게 들고 돌려준다.

전에 무슨 노래를 자주 듣냐고 물어서 밴드 이름을 몇 개 알려 줬는데 스미다는 전혀 모르는 얼굴이었다. 그래서 내가 "들어 볼래?" 하며 빌려준 것이다.

내가 CD를 받아 들자 스미다는 조금 빠르게 말했다.

"또 빌려줄 수 있어?"

이야기를 마치고 아주 조금 마음이 앞섰음을 깨달은 표정이었다. 나는 모른 척하고 "응, 좋아."라고만 대답했다.

"토노, 이런 음악 좋아하는구나. 외국 음악이라고 해야 하나. 록?"

"라디오 듣다가 샀어."

우연히 심야 라디오를 듣게 된 것도 그 무렵이었다.

밤에 라디오에서 흐르는 미약한 소리와 음악에 귀를 기울이고 있으면 마음이 차분해졌다. 전파를 통해 멀리 떨어진 누군가의 마음과 내가 이어져 있는 것 같았다.

혼슈와 이토록 멀리 떨어진 섬, 도시와 시골, 나와 아카리.

그 모든 게 어디선가 이어져 있는 듯.

"토노, 영화관에서 운 적 있어?"

스미다의 목소리에 현실로 돌아와 고개를 든다. 스미다의 시선 끝에는 가게 창문에 붙은 신작 영화 포스터가 있었다.

"영화관이 없는데 영화 홍보를 하네."

다네가시마에는 영화관이 없다. 이전에는 있었다는데 섬의 인구가 줄어서 폐관했다고 한다.

"나 영화관 안 가 봤어."

요구르페 빨대를 문 채 스미다가 툭 내뱉었다.

"처음으로 본 영화는 행정 복지 센터에서 보여 준 크리스마스 특선 상영작이었는데, 어린이한테는 너무 무서운 호러 영화라 어응어응 울었어."

"어응어응?"

표현이 이상해서 살짝 웃음이 났다.

스미다는 가끔 이상한 단어를 쓴다.

"도시락에 푸딩이 들어 있었는데 띠링했어."

"정말 찰랑찰랑한 기분이야."

"불그레한 날이네."

의미가 온전히 전해지면서도 독특한 감각이 느껴지는 단어를 골랐다. 무엇보다 농담이 아니라 진심으로 말한다는 점이 스미다다웠다.

내가 웃을 때면 스미다의 시선이 이쪽에 머무는 걸 알 수 있었다.

눈이 말보다 더 많은 걸 받아들이는 것이다.

게다가 매일 자전거 주차장에서 만나게 되면 그게 우연만은 아님을 깨닫기 마련이다. 나는 쓰레기장에 가는 척하며 그 시선에서 눈을 돌렸다.

스미다의 마음은 아무리 둔감함으로 가장하더라도 모를 수 없을 만큼 투명했다. 그래도 계속 모른 척한 이유는 둔감해서가 아니라 최대한 아무것도 망가뜨리고 싶지 않았기 때문이다.

그래서 끝내 거리를 유지했다.

그 이상도 이하도 아닌 장소에 서 있기만 했다.

"영화 뭐냐고."

"응?"

"토노가 운 영화."

화제가 다시 돌아와 나도 모르게 스미다와 눈이 마주치고 말았다. 스미다의 눈은 뭔가를 바라는 듯 이쪽을 보고 있다. 영화 제목을 말하고 싶지 않은 이유를 설명하는 것보다 영화 제목을 그냥 말하는 게 빨랐다.

스미다는 낮게 세 번 중얼거렸다. 잊지 않으려고 제목을 수없이 마음속으로 읊는 게 분명했다.

그 모습에 살짝 가슴이 아팠다.

그러나 스미다의 마음을 받아들이기에 앞서 머리 한편에 다른 풍경이 떠올랐다.

봄 방학. 구립 도서관의 시청 부스.

아카리와 나란히 이어폰을 나눠 끼고 깊은 바다에 잠기는 다이버를 바라보던 오후의 풍경.

정신을 차려 보면 나는 이 섬에 존재하지 않는 아카리의 단편을 무의식적으로 찾곤 했다.

어딘가에서 줄곧.

지금 여기 있는 누군가의 마음이 닿더라도 그것은 곧 아카리와 함께 있었던 시간의 윤곽으로 이어지고 만다. 단순한 습관인지, 아직 마음이 정리되지 못한 증거인지 나조차도 알 수 없었다.

내가 다녔던 고등학교에 스미다 미도리라는 사회과 선생님이 있었다.

입학하고 한참 지나서야 그녀가 스미다 카나에의 친언니라는 사실을 알게 되었다.

학교에는 성이 같은 학생이 여러 명 있었고 스미다라는 성도 마찬가지였다. 교직원들은 다 알고 있었으나 학생들은 아는 사람만 아는 정도였다.

나와 스미다 선생님의 접점은 많진 않았으나 전혀 없는 것도 아니었다.

아침 훈련 시간에는 고문 교사 대신 매일 다른 교사가 번갈아 온다. 대체로 "안녕!" 인사만 하고 사라진다.

그러나 스미다 선생님은 달랐다.

궁도장 입구에 서서 활을 쏘는 나를 한참 지켜봤다.

처음에는 긴장되니까 쳐다보지 말았으면 싶었는데, 3학년이 되었을 때는 아무 생각도 하지 않게 되었다.

선생님에게 익숙해졌기 때문이었을까. 내가 어른에 가까워졌기 때문이었을까.

틀림없이 둘 다였으리라.


"난 이 섬에서 태어난 사람과 나중에 들어온 사람을 백발

백중 알아맞힌다."

어느 날 아침 훈련 시간에 스미다 선생님이 궁도장에 들어서며 말했다.

내가 활을 다 쏘기를 기다린 듯했다. 마지막으로 쏜 화살이 과녁에 명중했다.

"토노는 1초 만에 알았어. 아, 도쿄에서 왔구나."

"겉도는 티가 많이 났나요?"

"아니, 이상하게 차분했지."

"익숙하니까요."

그렇게 말하자 선생님은 살짝 못마땅한 듯한 표정을 지었다.

어른들은 보통 이런 대답을 들으면 감탄한다. 어른스럽다거나 적응력이 대단하다고 말할 때가 많다.

그런데 스미다 선생님은 달랐다.

"그래?" 하고 시시하다는 듯 대답한 게 다였다.

정말 시시하다고 생각한 건지, 뭔가를 간파한 건지는 잘 모르겠다. 그러나 그 덕분에 이 사람은 다른 어른과 조금 다르다고 생각했다. 대하기 힘들 것 같으면서도 어쩐지 믿어도 되겠다는 마음이 들었다.

어느 아침 커브를 타고 가는데 뒤에서 선생님의 차가 쫓아오더니 창문이 열렸다.

"이 녀석! 속도위반이야!"

아차 싶어 속도를 줄이는데 선생님의 스텝 왜건이 우아하게 내 커브를 추월해 사라졌다.

학교에 도착해 궁도장에 가니 험악한 얼굴의 스미다 선생님이 기다리고 있었다.

"거기서 무릎 꿇어."

속도위반 때문이라고 생각했는데 아니었다. 선생님은 손을 내밀었다.

"금연 중인 사람의 후각을 무시하면 곤란해."

마침내 이유를 알아차리고는 가방에서 마일드 세븐을 꺼낸다.

"라이터도."

시키는 대로 라이터도 건넸다.

"학업 스트레스? 아니면 그냥 멋있어 보이려고?"

"어떻게 아셨어요?"

"그거야 냄새로 다 알 수 있지."

말투가 스미다 카나에와 비슷한 것 같았다. 평소에는 그렇게 느낀 적 없었는데.

그래서인지 살짝 마음이 풀려서 나도 모르게 질문이 튀어

나왔다.

"저…… 선생님은 왜 교사가 되셨어요?"

스미다 선생님은 놀란 눈을 동그랗게 떴다. 그 표정 역시
스미다 카나에와 닮았다.

"말 돌리지 마."

선생님은 불쾌한 듯 말했다. 내 질문이 선생님의 질문을
회피하기 위한 화제 전환으로 여겨졌을 것이다.

"죄송해요. 담배는 정말 죄송해요."

순순히 고개를 숙이자 선생님은 살짝 무뚝뚝하게 대답
했다.

"왜라……. 교사는 어쩌다 됐어. 일단은 이 섬에서 나가고
싶어서."

"그런데 왜 돌아오셨어요?"

절로 떠오른 의문이었다. 지금 생각하면 너무나 무례한 말
이었는지도 모르겠다.

그래도 꼭 물어봐야 했다.

고등학교를 졸업하면 도쿄의 대학에 진학할 예정이었다.
애초에 다른 선택지는 생각조차 하지 않았다. 그런데 섬을
나가고 나서도 지금과 똑같은 시간에 가로막히는 건 아닌
가, 혹은 어디로 가야 할지 모른 채 열심히 제자리걸음만 계

속하는 게 아닌가, 하는 불안을 선생님에게서 확인하고 싶었다.

선생님은 잠시 뜸을 들였다가 툭 내뱉었다.

"어디를 가도 결국은 똑같았거든."

이번 목소리는 스미다와 달랐다. 가볍게 들리지만 설득력이 있었다.

여러 가지 의미를 담은 듯 말에 무게가 있었다.

그러고 보니 스미다가 전에 이런 말을 한 적이 있다.

"우리 언니는 섬으로 안 돌아올 줄 알았어."

왠지 그 말이 줄곧 마음에 걸려 있었다.

정신을 차려 보니 또 다른 질문을 던지고 있었다.

"그 말은 아무 데도 도달하지 못했다는 뜻인가요?"

"좋은 말이네."

선생님이 웃었다. 학생의 도발을 흥미롭게 여기는 여유로운 미소였다.

"선생님이 후쿠오카의 대학에 들어갔고, 오사카에서 교원이 돼서 해외 파견도 나갔었다고 들었어요."

"응, 당시에는 초조했으니까. 다음으로, 또 그다음으로 넘어가지 않으면 불안해서. 멈추면 진짜 죽는 줄 알았어."

의외였다.

스물여섯의 선생님은 열여덟의 내가 보기에 너무나 어른인데 그 말은 당시 고등학생이었던 내 감각과 너무나 가까웠다.

도쿄로 돌아가면 지금보다 몇 배 빨리 나아간다. 다음으로, 또 그다음으로. 그렇게 믿어 왔다.

아카리와 마지막으로 만났던 열세 살 겨울부터 줄곧.

그때 나는 결심했다.

언젠가 아카리와 다시 만났을 때 부끄럽지 않은 어른이 되어 있겠다고.

"움츠리지 말고!"

선생님이 내 어깨를 꾹 누르며 말했다.

그 반동으로 등이 꼿꼿하게 세워진다. 어느새 생각에 잠겨 시선을 떨구고 몸을 잔뜩 움츠린 모양이다. 고개를 들어 시야를 넓히니 바람의 방향이 조금 전과 살짝 달라진 느낌이다.

"토노가 어떤 어른이 될지 기대돼."

그렇게 말하는 선생님의 눈에는 내가 어떻게 비쳐 보였을까.


홀로 하교하는 날에는 반드시 마을을 한눈에 조망할 수

있는 고지대에 들렀다.

그곳에서 늘 문자를 보내는 게 습관이었다.

당시의 나는 섬의 고교생들과 달리 휴대 전화를 가지고 있었다. 부모님이 휴대 전화를 사 준 이유는 전학을 갈 때마다 누군가와 헤어지는 아들에게 미안한 마음이 들어서였을 터다.

특별히 필요하지도 않았다. 그러나 손안에 통신 수단이 있는 것만으로도 충분히 매력적이었다. 게다가 우주 개발이 진행되는 이 섬과 어딘가 닮은 아이템이라고 생각했다.

특정인에게 보내는 문자는 아니다. 내가 이어져 있고 싶은 상대는 하나밖에 없는데 정작 그 당사자에게 휴대 전화가 있는지조차 모른다. 그래도 나는 아카리를 향해 수신인 불명의 문자를 적어 내려갔다.

돌이켜보면 이전의 일이 계기가 된 것 같다.

중학교 1학년 여름 도치기로 이사한 아카리가 갑자기 『천문 수첩』을 보내왔다.

그것은 내가 아카리의 열두 번째 생일에 선물한 수첩이었다. 수첩의 빈 페이지에는 〈토노 타카키에게〉라는 말로 시작해 중학교 생활, 도치기의 밤하늘, 평범한 일상이 편지처럼 적혀 있었다.

나는 수첩을 펼친 순간 당황했다. 왜 지금 이걸 보냈을까, 어쩌다 그냥 내 생각이 났나. 아니면 선물을 돌려주는 건가. 불안이 스쳤다. 그러나 수첩을 읽다가 깨달았다.

수첩에는 함께했을 때처럼 나와 또 대화하고 싶다는 아카리의 진심이 담겨 있었다.

수첩을 다 읽었을 무렵에는 이상하게도 거리감이 느껴지지 않았다.

나는 다음 페이지에 답장을 쓰고 수첩을 봉투에 넣어 도치기로 보냈다.

한동안 수첩 여백을 이용한 대화가 이루어졌다. 내가 가고시마로 이사 가는 게 결정되고 이사하기 전에 만나자는 일정이 정해질 때까지 수첩은 우리 사이를 여러 번 왔다 갔다 했다.

수첩이라는 형태의 물건을 통해 우리는 서로의 언어를 확실하게 교환할 수 있었다. 손에 닿는 종이, 번지는 잉크 흔적, 수첩에 적힌 말이 시차를 두고 나에게 닿았고 또 내 답장이 그녀에게 향해 간다. 물론 갔다가 반드시 돌아온다. 그 실감이 한 권의 수첩 안에 오롯이 담겨 있다.

수첩을 이용한 편지 교환은 마지막에 만난 그날을 경계로 끊겼다. 아카리의 손에 남겨진 채.

―만약 그때 우리가 휴대 전화를 갖고 있었다면.

우리는 지금도 계속 연락하고 있었을까.

사는 곳이 달라져도 수신인은 바뀌지 않는다. 아무리 멀리 떨어져 있다 한들 단 1초라도 내 말을 전할 수 있다. 그때는 시간과 거리를 넘어 이어질 수단이 없었다.

아카리도 지금 어디선가 휴대 전화를 갖고 있을까.

고교생 시절의 나는 그런 생각에 빠져 보내지 못할 문자를 계속 썼다.

다 쓴 문자는 임시 저장함에 보관해 뒀다. 그러다 임시 저장함이 꽉 차면 오래된 것 위에 덧썼다.

그것은 마치 일기이자 보낼 수 없는 편지 같은 존재였다.


"토노?"

평소처럼 고지대에서 문자를 쓰고 있을 때였다. 갑자기 소리가 나서 고개를 돌리니 스미다가 서 있었다. 여기서 스미다를 만난 건 처음이었다.

"맞네. 네 커브가 있길래."

웃으며 다가오는 스미다가 보지 못하게 휴대 전화를 얼른 가방에 넣었다. 그리고 점심시간에 나왔던 교내 방송을 떠올린다.

"스미다, 오늘 선생님께 불려 갔지?"

스미다는 옆에 앉아 주머니에서 여전히 백지인 진로 희망 조사서를 꺼냈다.

"망설일수록 선택지는 줄어든다고 하더라. 취직을 할지, 다 가는 전문대를 갈지. 하긴 맞는 말이긴 해."

스미다는 한숨을 쉬면서 진로 희망 조사서를 접기 시작한다.

"넌 도쿄대?"

"응."

"그럴 줄 알았어."

"왜?"

"멀리 갈 것 같았거든."

—멀리 갈 것 같다.

그 한마디에 갑자기 숨쉬기가 힘들어진다.

그 말을 듣고서야 비로소 내 안에 있던 초조함 같은 충동을 깨닫는다.

뭔가가 되고 싶다기보다 그냥 어딘가로 가고 싶다.

확실한 미래 따위는 그리지도 않은 채 물리적인 거리만 앞으로 나아갈 것 같다. 거리가 미래에 다가갈 유일한 단서라고 생각했다.

―멈추면 진짜 죽는 줄 알았어.

스미다 선생님의 말이 가슴에 떨어진다.

선생님도 멀리 갔었다. 섬을 나가서 후쿠오카, 오사카, 그리고 해외로. 아마도 시간을 움직이려고 거리를 선택했을 것이다.

스미다의 목소리가 조용히 돌아온다.

"난 계속 헤매는 중."

"다 그럴걸."

"토노도? 거짓말. 전혀 헤매는 것처럼 안 보이는데."

"아니야, 그냥 최대한 해 보려는 거지."

"그래……, 토노도 그렇구나."

스미다는 내 대답에 의외라는 듯 말했다. 그런데 그 표정에는 설핏 안도 같은 게 섞여 있었다. 스미다는 진로 희망 조사서로 종이비행기를 접어 가볍게 날렸다. 종이비행기가 순풍에 실려 하늘로 날아간다.

―난 계속 헤매는 중.

이 말에서도 역시 스미다다운 올곧음이 느껴졌다.

바람에 저항하지 않는, 있는 그대로의 자신을 긍정하는 흔들림 없는 모습.

나에게는 없는 것이다.

나는 과거의 감촉과 미래의 빛에 정신을 빼앗겨 중요한 '지금'을 어딘가 놔 버린다.

─전혀 헤매는 것처럼 안 보이는데.

스미다는 나에 대해 이런 평가를 내렸지만 실상은 다르다. 헤매고 있다는 사실조차 깨닫지 못한다. 그저 그렇게 보이려고 애쓸 뿐이다.

똑바로 날아갔어야 할 종이비행기는 풍향이 바뀌었는지 빙글빙글 회전하기 시작했다. 궤도를 잃은 종이비행기를 보고 있자니 어쩐지 나를 보는 듯했다.

결국 종이비행기는 갈피를 잡지 못하고 무너지며 어둠 속으로 훨훨 사라졌다.


고지대에서 돌아오는 길의 국도에 빨간 후미등이 꼬리를 물고 있었다. 교통 규제 표지판이 빛나고 있어서 나와 스미다는 커브의 속도를 줄이고 멈췄다.

갑자기 거대한 트레일러가 어둠 속에서 모습을 드러냈다.

NASDA(일본의 우주 개발 사업단 - 옮긴이 주) 로고가 새겨진 컨테이너가 밤바다를 건너는 배처럼 조용히, 천천히 나아간다. 그 질량과 정적, 압도적인 스케일에 눈길을 빼앗겼다.

"엄청나다."

자연스레 헬멧을 벗었다. 컨테이너에서 밀려 나온 공기가 피부에 닿는다.

"시속 5킬로미터래."

옆에서 스미다가 말했다.

그 울림을 타고 마음속 어딘가에 고이 간직되어 있던 소중한 말의 여운이 살짝 피어오른다.

"미나미타네 발사장까지. 올해는 오랜만에 발사하네."

섬에서 자란 스미다에게 로켓 발사는 익숙한 광경일 것이다. 스미다는 아무 일 아닌 듯 담담하게 말했다. 그러나 나는 달랐다. 뭔가 결정적으로 변해 버릴 듯한 광경이었다.

우주로 향할 물체가 지금 내 앞을 지나가고 있다.

그 사실이 가슴 깊은 곳을 거세게 흔들었다. 줄곧 이 섬에는 변화랄 것이 없다고 생각해 왔다. 어디서도 앞으로 나아가는 기척을 느낄 수 없었다. 내 착각이었다. 변화의 조짐은 언제나 눈앞의 풍경에 있다. 먼 미래에 있는 게 아니라 잘 들여다보면 일상에 꿋꿋하게 뿌리를 내리고 있었다.

평범한 하굣길의 연장선상에 우주가 있다. 예상치 못했던 만큼 너무나 선명한 광경이었다. 이 작은 섬에서 일궈 낸 일상과 아주 멀리 날아오를 것. 미래에도 만나지 않을 것 같은 두 궤도가 지금 틀림없이 교차하고 있다.

마치 스치는 별이 영원히 헤어지기 전에 딱 한 번 근접하듯.

어쩌면 나는 이 순간을 위해 과학 잡지를 읽었는지 모른다. 그리고 아카리는 내가 이 광경을 보리라고 예감했는지 모른다.

스미다가 뭐라고 했지만 귀에 들어오지 않았다.

그저 컨테이너의 빛이 천천히 멀어지는 모습을 잠자코 지켜봤다.

언젠가 내 궤적과 이 빛이 만나는 순간이 다시 찾아오기를 기도하면서.


"오늘은 드디어 파도에 올라탔어."

태풍이 지나간 가을의 끝이었다. 방과 후 자전거 주차장에서 스미다가 말을 걸어왔다. 꽤 오래 나를 기다린 것 같았다.

요즘 슬럼프에 빠져 있었는데 드디어 탈출한 모양이다.

"있잖아, 토노, 노래방 갈래?"

"그래." 반사적으로 대답하자 아주 의외라는 표정을 보였다.

어? 내가 잘못했나? 스미다의 얼굴에 어색한 기색이 서렸다가 금세 기뻐하는 표정으로 바뀐다. 됐다 싶어 커브의 시동을 걸었다.

뮤직 스튜디오 아미고라는 노래방에 갔다. 섬에서 고교생이 갈 만한 노래방은 이곳뿐이다. 학교 축제나 운동회가 끝나면 뒤풀이도 대부분 여기서 했다.

두 명에게는 너무 넓은 방으로 안내되어 스미다는 어디에 앉아야 할지 갈팡질팡했다.

"저기 앉을까?"

화면 앞을 가리키자 스미다는 소파를 붕 뛰어넘어 곧바로 노래를 시작했다.

"커브 같아."

"응?"

기어이 속내를 흘리고 말았는데 바로 아니라고 하고 더는 말하지 않았다.

커브는 우리가 타고 다니는 스쿠터를 가리키는 게 아니다. 스미다네가 기르는 시바견 이름이다. 딱 한 번 산책하다가 만났는데 그때 내 스쿠터 커브 주위를 시바견 커브가 깡충깡충 돌아다녔다.

"커브, 얌전히 있어."

커브를 달래는 스미다를 보면서 왜 그렇게 헷갈리는 이름을 지었는지 물어보려다가 말았다.

이 섬에는 같은 성을 쓰는 사람이 여럿 있고 이름까지 같은 경우도 허다하다. 똑같은 이름이라도 다른 존재에는 다른 의미가 담긴다. 이름이 같다고 헷갈리는 일은 없다는 소리다.

"못 부르는 노래인데 번호 넣어도 돼?"

스미다는 그렇게 말하며 다음 번호를 입력했다.

조용한 수면에 보이지 않는 음표가 하나씩 떨어지듯 기타의 아르페지오 선율이 조용히 방에 흐르기 시작했다. 라디오에서 들어 본 적이 있는 곡이었다. 화면에 가사가 한 줄씩 나타났고 순서대로 색이 변했다.

"언니가 처음으로 영화관에 갔을 때 본 영화 주제가래. 아마 장거리 연애 중이던 남자 친구랑 봤을 거야."

언니라면 스미다 선생님 얘기일 것이다.

"옛날에 우리 언니는 정말 너무 성실했어. 꼭 교과서가 걸어 다니는 것 같았어. 근데 그 남자 친구랑 장거리 연애를 하면서 조금씩 변했어. 바른 말만 하지 않게 됐다고 해야하나."

'학교에서는 부끄러워서 언니와 눈도 마주치지 않는다'고 했던 스미다가 이런 말을 하는 건 처음이었다.

"우리 부모님은 불량스러워졌다고 하는데 난 지금의 언니가 더 좋아."

목소리가 점점 다정해진다.

"분명히 그 사람을 만나서 언니의 세계가 바뀐 거야. ······ 왜 헤어졌을까?"

이야기를 들으면서 눈으로는 화면 속에서 색이 바뀌는 가사를 좇았다.

"못 만나면 마음이 변하는 건가."

노래가 끝났을 때 스미다가 말했다.

그 말은 가느다란 바늘이 되어 심장 깊숙한 곳을 건드렸다.

몸부림치고 싶을 만큼 아프지는 않다.

하지만 확실하게 찔러서 뽑히지 않고 남았다.


노래방을 나와 편의점에 들렀다. 다 마신 팩을 쓰레기통에 버릴 때 스미다가 요구르페가 아니라 데일리 커피를 샀음을 알아차렸다.

셔츠 단이 살짝 당겨진다.

"왜?"

돌아보지 않고 묻는다. 아무렇지 않은 척하면서.

"미안해. 아무것도 아냐."

손이 떨어지며 등이 자유로워졌다. 그러나 그 온도는 한동안 남아 있었다. 둘 사이의 거리를 넘어서려는 기척을 느끼지 못한 척할 수 없었다.

할 말을 삼킨 탓인지 스미다의 말수가 훅 줄어들었다.

우리는 걸어서 돌아가기로 했다. 스미다의 커브가 움직이지 않았다. 배터리가 다 되었을 것이다.

"혼자 갈게."

스미다는 그렇게 말했으나 같이 걸어가자고 했다. 배려라기보다 걸으면서 말이 되지 못한 무언가를 정리하고 싶었는지 모른다.

스미다와 나란히 걷는 건 처음이었다. 언제나 커브로 앞서 달리거나 뒤에서 따라붙었다.

발밑으로 자갈이 스치는 소리가 아주 크게 울린다. 사탕수수 그림자가 도로에 길게 드리워져 있다. 하늘은 푸른색에서 오렌지색으로 바뀌는 중이다. 조용히 세계가 저물고 있었다.

경계가 사라지는 가운데 시간만 연장된다.

―시속 5킬로미터래.

NASDA의 화물차를 봤을 때 스미다가 한 말이 떠오른다.

왠지 그 말이 지금은 아카리의 목소리가 되어 들렸다.

스미다의 걸음걸이가 조금씩 처지고 있음을 소리로 안다.

돌아보니 생각보다 훨씬 뒤에 있다. 멈춰 서서 손으로 얼굴을 가리고 있다.

몇 걸음 다가갔다가 더는 움직이지 않았다.

나는 스미다가 원하는 거리까지 갈 수 없다. 아니, 가지 않았다.

처음부터 알고 있었을 것이다.

미안해. 나는 스미다의 마음에 다가갈 수 없다.

알고 있어. 그러니까 가까이 오지 마.

그렇게 호소하듯 스미다는 울고 있다.

순간 뒤에서 빛이 들어왔다.

눈꺼풀이 살짝 밝아진다.

무슨 일이 일어난 건지 알 수 없어서 빛을 향해 고개를 돌렸다. 그 끝에서 한 줄기 빛이 하늘로 솟구치고 있었다.

공기를 짓누르는 듯한 충격에 몸이 흔들렸다. 곧바로 고막을 찢는 듯한 소음이 이어졌다.

불덩이다.

거대한 불덩이가 하늘을 일직선으로 가르며 올라간다. 불덩이의 정체는 발사 로켓이었다.

하얀 연기가 긴 꼬리를 만들고 그것이 하나의 선이 되어 하늘을 둘로 갈랐다.

스미다는 내 뒤에 있다.

같은 빛과 하늘을 보고 있었을 것이다.

그러나 지금 이 순간 우리 사이에도 하나의 선이 그어진 느낌이었다.

스미다만이 아니다.

아무리 가까워져도 어떤 지점을 넘어서면 또 멀어진다.

그러다 교차하고 다시 멀어진다.

우리는 그런 궤도를 살고 있다.

그때 나는 스미다와의 사이에 경계선을 그었다. 더는 다가오지 못하게. 그것은 틀림없이 나를 지키기 위한 선이었다.


그날은 새벽까지 잠들지 못해 라디오를 들으며 과학 잡지를 뒤적였다.

페이지 끝에 아까 본 로켓 발사에 관한 기사가 있다.

―「정말 아름다운 보름달이네요.」

라디오 DJ의 온화한 목소리가 어두운 방에 부드럽게 울린다.

암막 커튼을 살짝 걷으니 밝아진 하늘이 보였다.

―「달까지 걸으면 얼마나 걸리는지 아세요?」

게스트의 목소리가 밝다.

—「글쎄요, 백 년쯤?」

—「11년입니다. 쉬엄쉬엄 가면 30년 정도려나.」

페이지에서 눈을 떼고 창밖을 봤다. 하늘에서 밤과 아침의 경계를 찾았다.

거리란 단순한 숫자가 아니라고 생각했다. 가까이 있어도 멀게 느껴지는 사람이 있는 반면 만나지 못해도 문득문득 생각나는 사람도 있다. 닿을 수 있느냐 없느냐는 그렇게 단순한 이야기가 아니다. 그래도 우리는 안심하기 위해 보이지 않는 선을 긋는 게 아닐까. 여기까지, 라고 결정하면 상처를 주지도 받지도 않고 끝날 것 같아서.

—「우주여행을 해 보고 싶네요.」

—「전 비행기를 못 타요. 좁은 데서 발작을 일으켜서요.」

—「아! 제 지인 중에도 그런 사람이 있어요.」

—「근데 저만의 치료 방법이 있어요. 노래요. 노래하면 돼요.」

라디오에서 음악이 흘러나오는데 소리가 멀어지는 것 같았다. 들리기는 하지만 내게는 닿지 않는 장소에 있는 것처럼. 로켓 발사를 목격했을 때의 눈부심도, 스미다와의 거리도 틀림없이 과거가 된다.

사실 제대로 움켜쥐어서 끌어당기고 싶었다. 사람이건 시간이건. 그런데 어느새 선을 긋고 있다. 너무 가까워지지 않으려고. 완전히 잃어버리지 않으려고.

　나이를 먹을수록 그 선은 짙어지고, 정신을 차리고 보니 어느새 그 선이 나라는 인간의 윤곽이 되어 있었다.

∴

　"사람과 사람이 만날 확률은 0.0003퍼센트래요."

　시노 씨는 그렇게 말하고 하늘을 가르는 종이비행기의 행방을 좇았다.

　워크숍이 일단락되자 아이들이 저마다 열심히 만든 비행기를 한창 날리는 중이었다.

　"재회 확률은 더 낮을지도 몰라요."

　조금 전 10년 만에 우연히 지인을 만났다고 했더니 시노 씨가 한 말이었다. 나는 확률이 그 정도로 낮지는 않을 거라고 생각했다.

　"그런가? 난 그런 일 꽤 있는데. 문득 생각나서 연락하기도 하고. 연락처를 몰라도 만날 사람은 대체로 만나지더라고."

"어머! 대단하네요."

"그래? 그렇다고 생각했는데. 그런 적 없어?"

되물었더니 시노 씨는 음, 하고 생각하더니 천천히 대답했다.

"없어요."

시노 씨는 평소에도 오래 생각하고 말한다.

단순한 맞장구나 그 자리를 모면하기 위한 말은 하지 않는다. 그렇다고 자기주장이 강하거나 협동심이 없는 건 아니다.

정직하고 성실하다. 그만큼 대화가 정성스러워 조금씩 틈이 생긴다.

이전에도 그랬다.

나에게는 제목만 들어도 눈물이 날 것 같은 영화가 있다고 말했더니 시노 씨는 쓰타야(일본의 서점 - 옮긴이 주)에서 빌려 봤다고 한다.

"코시미즈 씨가 말한 영화 봤어요. 어떤 장면에서 우셨어요?"

말문이 막혔다. 솔직히 영화의 내용이 잘 기억나지 않았기 때문이다.

"어느 장면이라기보다 그때 영화관의 분위기나 냄새 같은 게 문득 생각나면 눈물이 나."

"와!"

시노 씨는 이상한 이야기를 들은 듯한 표정을 지었다.

있어요! 그런 거! 이렇게 대답하리라 예상해서 시노 씨의 반응이 놀라웠다.

"없어? 추억이 생각나서 우는 일?"

"추억 때문에 운다……."

시노 씨는 다시 생각한 다음 말했다.

"없네요."

아무래도 부끄러웠나 보다.

"그럼 안 되나요?"

"아니, 안 될 건 없지."

오히려 좋았다.

시노 씨는 과거보다 지금을 사는 사람이라고 생각한다.


시노 씨는 기노쿠니야 서점의 직원이다. 대학 때 아르바이트생으로 시작해 계약 사원을 거쳐 3년 전 정직원이 되었다고 한다.

나는 여름 방학이나 겨울 방학에 서점이 주최하는 어린이 워크숍에서 강사로 일한다. 그 인연으로 그녀와 알게 되었다. 기획부터 준비, 당일 진행까지 대체로 시노 씨와 둘이서 담당한다. 회의를 끝내고 같이 밥을 먹으러 가거나, 휴일에 미술관이나 사진전에 가기도 한다. 그러면서 자연스럽게 친해졌다.

오늘은 여름 방학 첫 번째 워크숍 '하늘로 여행하는 종이비행기'가 열리는 날이었다. 신주쿠교엔 일각에서 초등학생들이 접은 종이비행기를 날리는 행사다.

"오늘 우연히 만난 사람은 친구예요?"

시노 씨가 옆에서 묻는다.

"아니, 옛날 제자. 고등학교 교사였을 때."

"어머!"

시노 씨의 시선이 먼 곳을 향한다. 틀림없이 자신의 고등학교 시절을 떠올리고 있을 것이다.


시노 씨에게 말한 제자 토노 타카키와 재회한 건 우산을 접은 순간이었다.

아침부터 천둥번개를 동반한 격렬한 비가 내리는 바람에 오전 워크숍이 취소되었다. 시노 씨에게 취소 연락을 받고 한동안 집에서 대기했는데, 낮 12시 전부터 비구름이 거치기 시작했다는 예보가 나오기에 오후 행사는 열 수 있을 것 같아 서둘러 집을 나섰다.

신주쿠역에 도착할 무렵에는 이슬비로 바뀌어 있었다. 우산을 쓰고 남쪽 출입구를 가로질러 루미네 앞으로 나왔을 때 비는 완전히 그쳤다.

'비가 싫었을 때, 나는 아직, 아무도, 좋아하지 않았다.'

포스터의 홍보 문구를 곁눈질하며 걷는데 앞으로 한 남자애가 지나갔다. 아니, 남자애라고 하기에는 조금 어른스러웠지만.

어딘가 낯익은, 아니 아는 얼굴이었다. 누군지 떠올리려 했는데 그보다 이름이 먼저 나왔다.

"토노?"

내 목소리에 놀라 돌아본 얼굴에 예전 모습이 고스란히 남아 있었다.

"맞네!"

졸업생 전원의 얼굴과 이름을 외우고 있는 건 아니다. 그래도 금방 알아차린 데는 이유가 있다.

토노는 내 여동생이 처음으로 좋아했던 사람이다.


토노, 하면 생각나는 것 중에 영화가 있다.

어느 날 TV 앞에서 동생 카나에가 비명에 가까운 소리를 지르고 있었다.

"거짓말! 말도 안 돼! 벌써 끝이라고!"

리모컨을 쥔 채 넋을 놓고 엔딩 자막을 멀거니 바라보고 있다. 비디오 대여점에서 빌린 영화라고 한다.

"어? 언니, 이 영화 어디서 울어야 해?"

난데없는 질문을 받고 어디 보자며 비디오 케이스를 본다. 라벨에 적힌 감독의 대표작은 안다. 말 없는 킬러와 화분을 안은 소녀가 떠오른다. 그러나 여기에 적힌 제목은 모르는 것이었다. 본 적이 없다고 말하고 대화를 끝내려다가 카나에가 의미하는 게 영화 자체가 아닌 것 같기에 다시 물었다.

"재미없었어?"

"아니, 바다 영상이 너무 예뻤어. 근데 울 만한 장면은 없어서."

"울게 만드는 영화가 좋은 건 아니야."

"그건 그런데……."

비디오테이프를 케이스에 넣는 카나에는 아주 낙담한 얼굴이었다.

그 모습에 대충 짐작이 갔다. 분명히 도시에서 단관 개봉한 영화일 것이다. 카나에가 직접 선택했을 리 없다.

"누가 추천해 줬어?"

별다른 대답 없이 요란한 한숨만이 돌아온다.

굳이 대답을 듣지 않더라도 누군가의 영향을 받았다는 사실은 알겠다. 그 상대가 궁도부의 토노라는 사실을 안 것은 얼마 뒤의 일이다.

카나에는 등교 전과 방과 후에 서핑을 하러 바다에 갔다. 내가 학창 시절에 쓰던 쇼트 보드를 물려줬는데 습관이 된 모양이다. 저녁에 서핑을 끝낸 카나에는 일단 학교로 돌아간다. 집과 반대 방향인데도 굳이.

그 이유가 토노의 귀가 시간에 맞추기 위해서라는 사실을 알아챌 수 있었던 이유는 교사가 되면 의식하지 않아도 자연스레 눈에 들어오기 때문이다. 그때마다 나는 도망치듯 자리를 피했다. 그러지 않아도 언니가 학교 선생님이라서 불편할 텐데 최대한 방해되지 말아야겠다는 생각에 못 본 척했다. 그럼에도 카나에의 행동은 너무나 파악하기 쉬웠다.

카나에의 마음이 전해지지 못한 채 끝을 맞은 건 두 사람의 고등학교 3학년 늦가을이었을 것이다.

날이 채 밝지도 않은 시간에 스쿠터 엔진 소리에 잠에서 깼다.

베란다로 나가 아래쪽을 보니 카나에의 커브가 없었다.

전날 저녁 로켓 발사를 보러 밖으로 나갔을 때의 일이다.

사람들과 하늘을 올려다보며 수다를 떨고 있는데 카나에가 걸어서 돌아왔다.

좋아서 날뛰는 커브에게 눈길도 주지 않고 바닥만 보며 목욕탕으로 직행했다. 평소라면 소파에 늘어져 있는데 저녁도 먹지 않고 방에 들어가서 나오지 않았다.

또 파도를 못 탔나, 라고만 생각했다.

그런데 그날 아침 해가 뜨기 전부터 카나에가 집을 나섰다.

그냥 둬서는 안 되겠다는 생각이 들어 차를 꺼냈다. 예상대로 바다에 있었다.

해변에 있는 자그마한 등.

멀리서도 울고 있다는 걸 알 수 있었다.

틀림없이 토노에게 차였다고 생각했다.

나중에야 알았다. 성인이 된 카나에가 세 번째 연인과 사귀기 시작했을 무렵 느닷없이 이런 말을 했다.

"이 세상에서 가장 어려운 일은 좋아하는 사람한테 좋아할 때 좋아한다고 말하는 거야."

그 말을 듣고 모든 게 이해되었다.

그날 카나에가 운 이유는 차였기 때문이 아니다.

말할 수 없었기 때문이다.

좋아하는 사람에게 좋아한다고 말할 수 없었기 때문에.

용기가 없어서였을 수도 있고, 말하지 못하게 했을 수도 있다.

어쨌든.

말하지 못하면 영원히 끝나지 않는다.

그 눈물은 틀림없이 그런 의미였다.


토노 타카키.

출석부에서 처음 봤을 때 왠지 소설 냄새가 나는 이름 같았다.

조용한 오후에 고양이, 혹은 우물이 소리 없이 나타나는 식의 이야기에 나오는 등장인물 같은 울림이 있었다.

그런데 실제로 얘기를 나눠 보니 살짝 인상이 달랐다.

말이 아니라 침묵으로 감정을 지키려는 아이였다.

등에 소중한 무언가를 숨기고 있는 듯 조용히 걷는다. 빨리 어른이 되고 싶다고 말하는 표정은 동경이 아니라 수단으로서의 초조함처럼 보였다.

그 절실한 초조함이 익숙했다. 예전에 나도 비슷한 마음으로 섬을 떠났기 때문이다.

결과적으로 돌아오긴 했지만 계속 머물 생각은 없었다.

"그 말은 아무 데도 도달하지 못했다는 뜻인가요?"

토노가 물은 적이 있다.

"그렇지 않아."

지금의 나라면 틀림없이 그리 말해 줬을 것이다. 그러나 스물여섯의 나는 그런 말을 품지 못했다.

만약 토노가 당시의 나에게 미래의 자신을 겹쳐 봤다면 교사로서나 어른으로서나 너무 미안한 일이다.

토노는 어떤 어른이 되었을까.

받은 명함에 회사 전화번호가 인쇄되어 있다.

시노 씨가 말했다.

"사람과 사람이 만날 확률은 0.0003퍼센트래요."

그 확률이 높은 건지 낮은 건지는 잘 모르겠다.

오늘 그 확률에 당첨된 게 우연에 불과하더라도, 어쨌든 지금 내 손안에는 확실한 수단이 있다. 그때 토노에게 말해 주지 못했던 걸 지금이라도 전할 수 있을지 모른다. 그래서…… 명함의 번호로 전화를 걸어 보기로 했다.

# 제6장

회사를 그만두고 몇 주 후 쿠보타 씨가 오다큐 백화점 옥상으로 호출했다. 용건은 알려 주지 않았지만 퇴직 절차에 무슨 문제가 생겼거니 했다.

아이를 데리고 나온 부모와 어르신들이 벤치나 그늘을 골라 느긋하게 시간을 보내고 있다. 이런 여유로운 풍경 속에 나만이 시간을 잘못 찾아든 사람 같았다. 어쩔 줄 몰라 하는 속내를 보이지 않으려고 주머니에서 휴대 전화를 꺼내 소행성 이름을 검색한다.

'1991 EV'.

지구와 충돌하리라 예측되었던 소행성 이름이다. 오래전에 읽은 기사에서는 만일 충돌이 발생한다면 2009년이 될 거라고 했다.

아카리와 다시 만나기로 약속한 바로 그해였다.

내년이 그해다.

그러나 지금은 아주 오래전 읽은 이야기의 한 구절처럼 애매하기만 하다. 그 기억을 멍하니 되새김질하는데 쿠보타 씨가 비닐봉지와 빙수를 들고 나타났다.

"아래 엔니치(한 달에 한 번 불신에 공양하는 날로 노점에서 다양한 음식을 판다 – 옮긴이 주)가 있더구먼. 그거 아나? 빙수가 멜론, 딸기, 블루 하와이 맛이 있잖아? 그게 실은……."

"……맛은 다 똑같은데."

"뭐야, 알고 있었어?"

쿠보타 씨는 파란 빙수를 한 입 먹고 진지한 얼굴로 이쪽을 봤다.

"자네 목소리가 완전히 죽은 사람 같아. 당최 사람들이랑 대화라는 걸 안 하지?"

정답이었다. 어떻게 알았을까. 말문이 막혀 아무 말도 하지 않았는데 쿠보타 씨는 전혀 다른 얘기로 화제를 돌렸다.

"나 지난달에 위 수술 받았어. 그래서 위가 반밖에 안 남았어."

"네?!"

"건강해 보이지?"

쿠보타 씨를 다시 본다. 분명 보기에는 어떤 변화도 느껴지지 않아서 놀란 채 고개를 크게 끄덕였다.

"아무한테도 안 들켰네. 그런데 말이야, 회사 밑에 매점이 있잖아? 거기 아줌마는 알더라고. 요즘 기운이 없어 보이시네요, 하는 거야. 매일 커피 사면서 잠깐 얘기를 나누는 아줌마인데. 왠지 기쁘더라."

"아, 네."

"아, 네, 가 아니라고. 잡담이란 그래서 있는 거야."

자네가 싫어하는 잡담 말이야, 하면서 쿠보타 씨가 비닐봉지를 내밀었다. 안에는 아직 따뜻한 타코야키가 들어 있었다.

쿠보타 씨는 봉지를 내밀자마자 "그럼 간다." 하며 등을 돌렸다가 "앗! 까먹었다!" 하고는 진짜 까먹은 듯 황급히 명함 한 장을 내밀었다.

"대학 선배인데 내 은인 같은 사람이야. 프로그래머를 찾는대서."

명함 끝에 과학관 마크가 찍혀 있었다.


쿠보타 씨가 떠난 후 홀로 벤치에 앉아 있었다. 비닐봉지

에서 타코야키 팩을 꺼내 살짝 열어 본다. 손바닥에 온기가
천천히 번진다.

타코야키 하나를 입에 넣는다. 아! 낮은 소리가 터져 나온
다. 생각보다 커서 입속 가득히 풍미가 퍼졌다.

단순한 음식이 아니라 뭔가가 제대로 전해지는 맛이었다.

뺨에 바람이 스치고, 귀가 조금씩 열리듯 소리가 닿는다.

잎이 스치는 소리.

멀리서 아이가 엄마를 부르는 소리.

노랑나비가 눈앞을 팔랑팔랑 가로지른다.

나는 지금 이 세상 속에 존재한다.

오랜만에 느껴 본 실감이었다.


쿠보타 씨와 만나고 돌아가는 길에 모르는 번호로 전화가
걸려 왔다. 오다큐 백화점의 엘리베이터에서 내릴 때였다.

"코시미즈예요. 아! 옛날 스미다요."

조금 낮고 느긋한 스미다 선생님의 목소리였다.

전에 받은 명함에 있는 번호로 전화를 걸었는데 퇴직했다
고 해서 사정을 말했더니 전화를 받은 여성이 내 휴대 전화
번호를 알려 줬단다.

선생님은 "요즘엔 개인 정보에 관해 엄격하지 않나?"라며

걱정했지만 짚이는 구석이 있었다.

그 회사에서 내 휴대 전화 번호를 아는 여성은 리사가 유일하다.


스미다 선생은 니시신주쿠의 빌딩가에 있는 가고시마 요리 전문점을 약속 장소로 지정했다.

이전 회사에서 걸어서 5분 정도 거리.

유리로 둘러싸인 긴 에스컬레이터를 타고 올라가는 동안 바깥 경치를 바라본다.

여름의 흔적이 남아 있는 하늘은 미처 밤이 되지 않아 어슴푸레하다. 그 밑에 신주쿠 거리의 불빛이 드문드문 켜져 있다. 저 멀리 네온사인도, 바로 옆 사무실의 조명도 선으로 이으면 어떤 의미가 생길 듯하다. 무수한 점이 질서를 가진 무언가로 바뀔 것 같다.

그저 생각뿐이다.

우연이나 기적 같은 불확실한 것들이 지탱하는 나날들을 조립해 나가는 일은 아무래도 조금 힘들다. 모든 게 엄격한 법칙 아래 움직였으면 싶다.

어릴 때부터 줄곧 생각했다. 갑작스러운 이사나 이별이 나중에 하나의 답이 되어 돌아오리라고 믿을 만한 이유가 있었으면 했다.

이번 재회에도 어떤 의미가 있을까.

그렇게 생각하면서 가게 문에 손을 댔을 때였다.

"토노."

뒤에서 스미다 선생님이 다가왔다.

"일 안 하는구나. 뭐, 잠깐 쉬기 좋은 타이밍 아닐까? 내년이면 서른이잖아."

식당에 들어서자마자 퇴직한 회사의 명함을 건넨 일을 사과했더니 스미다 선생님이 환하게 웃어넘겼다.

"스미다는 잘 지내요?"

조금 성급할지 모르나 오히려 먼저 묻는 게 자연스러울 수도 있었다. 늦을수록 내 마음이 훤히 보일 듯해서.

"아주 잘 지내지. 자, 봐!"

스미다 선생님은 갈등하는 내 속마음은 전혀 개의치 않고 휴대 전화 화면을 보여 줬다.

래시 가드 차림으로 새카맣게 탄 스미다가 웃고 있다.

변한 게 없는 듯하면서도 변했다. 사진 속 스미다는 그 시절의 연장선상에 있지 않고 제대로 시간을 쌓아 올렸다.

"전문대 졸업하고 나서 캘리포니아에서 유학했고, 지금은 거기서 일해."

"대단하네요."

순수한 경의가 뒤쫓아온 초조함을 살짝 앞질렀다.

솔직히 그런 마음이 들게 하는 상대는 그리 많지 않다.

선망이 아닌 자연스러운 경의를 품게 하는 건 스미다의 대단한 장점이다. 그 무렵과 다름없이 올곧음을 유지하고 있음을 알 수 있다. 지금 나는 진심으로 크게 안심하고 있다.

"카나에한테 널 만났다고 메시지 보냈더니 하나만 물어봐 달래."

"뭔데요?"

긴장한 탓인지 나도 모르게 물잔을 흔들어 얼음이 달그락 거렸다.

"고등학교 때 도쿄에 여자 친구가 있었어? 라고 물어보 랬어."

"네?"

"맨날 휴대 전화로 누군가에게 문자를 보냈었잖아?"

10년의 세월을 넘어 날아온 뜻밖의 질문에 웃고 말았다. 그런 것까지 보고 있었을 줄이야.

"그거 일기예요. 단순한."

"에이, 그게 뭐야. 뭘 썼는데?"

"정말 별거 아닌 말들이에요."

여기 오기 전까지 이런 대화가 이어질 줄은 상상도 못했다.

스미다 선생님과, 굳이 언급하자면 다네가시마에서 만난 사람과 10년 만에 만나 무슨 얘기를 하지? 도착하기 전까지 온통 그 생각뿐이었다.

이제까지의 나라면 핑계를 대고 거절하거나 적당히 미뤘을 것이다.

그러나 회사를 그만두고 리사와 헤어지고 사는 곳까지 바꾼 지금, 무언가와 대면하는 일에 조금쯤 긍정적인 마음이 싹트고 있었다.

긍정적이라기보다 아마 모르는 걸 접해 보고 싶은 호기심에 가까울 것이다.

새로운 누군가와의 대화를 통해 내 말이, 그리고 내가 어떻게 변할지 시험해 보고 싶었는지 모른다.

뭔가가 분명히 보인 건 아니다.

하지만 적어도 지금은 열리지 않은 문 앞에 있는 현실을 전보다 덜 무서워한다.

그리고 또 하나.

"잡담이란 그래서 있는 거야."

쿠보타 씨의 말이 내 등을 떠밀어 주고 있음을 이제야 깨닫는다.

"어떤 일기인데? 들어 보고 싶네."

바 자리에 나란히 앉은 스미다 선생님이 몸을 내밀며 말한다.

실은 며칠 전에 다네가시마에서 썼던 휴대 전화를 오랜만에 열어 봤다. 일부러 충전기를 사서 전원을 켜 본 것이다.

수신인이 없는 문자 일기. 정확하게는 아카리가 읽어 주는 걸 전제로 쓴 글이다.

임시 보관함에 남아 있는 짧은 문장들을 하나씩 다시 읽었다. 그래서 당시 어떤 글을 썼는지 잘 알고 있다.

내가 즉시 거절하지 않아서인지 선생님이 "얼른!" 하며 재촉한다.

내 참. 곤란하면서도 취한 김에 말해 보고도 싶었다. 잔에 남은 술을 단숨에 들이켠다.

"예를 들어 섬의 석양은 이따금 정말 붉잖아요? 근데 막 빨갛지 않고 분홍에 가까운 붉은색이요."

"맞아. 그렇지. 아름답지."

선생님이 부드럽게 맞장구쳐 준다. 틀림없이 즐거운 대화가 이어지리라고 생각하겠지. 그렇게 느낀 순간 취기가 확

깨는 듯했다.

"아무래도 그만두는 게 낫겠어요."

"계속해 봐."

선생님의 목소리에 웃음기가 없었다.

제대로 듣겠다는 눈빛을 보낸다.

"……저는 그 석양이 아름답지 않고 무서웠어요. 나쁜 예 감이라고 해야 할까요? 실제로 아름다운 풍경을 본 다음에 제가 원치 않는 일이 벌어진 적이 많아서요."

그 감각을 입 밖에 내는 건 어렵다고 생각했다.

그러나 이야기를 시작하자 의외로 술술 흘러나왔다.

"반대로 검은 고양이를 보면 좋은 일이 생기고, 집에 휴대 전화를 두고 온 날에는 유성을 봤어요. 지금 생각하면 그저 다 우연이었는데……. 그렇지만 그때는 논리적이지 않은 걸 진심으로 믿었어요."

당시의 나는 세계와 내가 이어져 있다는 증거를 일상에서 찾고자 했다. 그리고 그런 일들을 휴대 전화에 기록했다.

아무한테도 말한 적 없는 얘기를 단숨에 털어놓으니 부끄 러움이 스멀스멀 밀려왔다.

"이런! 너무 썰렁한 얘기를……. 죄송해요. 이해 안 되 시죠?"

나는 쑥스럽게 웃었다.

"그러지 마. 이런 상황에서 적당히 웃어넘기면 안 돼."

스미다 선생님이 표정 변화 없이 말했다.

"소중히 여기는 걸 말하면서 굳이 웃을 필요는 없어."

그리고 잠시 쉬었다가 다시 말을 이어 갔다.

"추억은 이해하고 말고의 것이 아니야."

아, 맞다.

스미다 선생님은 옛날부터 이런 사람이었다.

직설적이라서 도망칠 데가 없다. 대신 이야기를 잘 들어주는 사람이다. 적당히 말하지 않는다. 그 모습은 지금도 변함없이 여기 있다.

다만 변함없다는 게 선생님이 그때 그대로 멈춰 있다는 의미는 아니다.

선생님은 10년이라는 시간을 자기 발로 굳건히 걸어온 사람이었다.

그만큼 선생님의 말에는 억지나 오만이 없다.

"아무 데도 도달하지 못했다는 말인가요?"

예전에 내가 던진 말의 가벼움에 부끄러워진다. 그때의 선생님이 어떤 시간을 겪고 지금 이 자리에서 "추억은 이해하고 말고의 것이 아니야."라고 말해 주는 걸까.

"네."

마침내 한마디 짧게 내뱉었다. 정직한 마음이 부끄러움을 앞섰다. 나 자신조차 놀랄 만큼 솔직한 목소리였다.

"오늘 같이 일하는 사람이랑 이야기를 나눴는데."

선생님의 목소리가 문득 부드러워진다.

"그 사람이 옛날에 친구가 한 명밖에 없었대. 근데 그 이야기를 할 때 얼굴이 너무 기뻐 보이는 거야."

그렇게 말하는 선생님의 옆얼굴 역시 어딘가 기뻐 보였다.

"좋은 추억이네, 하니까 그 사람은 이렇게 말하는 거야. '추억이 아니라 지금도 일상이에요.'"

—추억이 아니라 지금도 일상이다.

그 말의 울림이 곧장 마음속으로 와 닿았다.

"그 친구와는 더 이상 못 만나는 것 같던데, 그때 자기가 좋아하던 것, 장소, 냄새, 경치, 말까지 모든 것과 아직도 만난대."

좋아하던 것, 장소, 냄새, 경치, 말. 기억난다.

나에게도 분명 그런 시간이 있었다.

석양과 검은 고양이만이 아니다. 열차가 지나가는 소리, 달이 뜨지 않은 밤하늘, 꽃잎이 떨어지는 속도.

그 무렵에는 나와 세계가 단단히 이어져 있다는 데 일말의 의심도 하지 않았다.

그것은 살아가기 위한 가늘지만 확실한 손 그물 같은 역할을 했다고 생각한다.

잃어버린 건 그 무렵의 감각이었다.

그렇다고 완전히 놓아 버려서는 안 된다.

아직 어딘가 믿고 있을지도 모른다.

선생님의 왼손 약지에 눈길을 던지고 입을 열었다.

"선생님이 장거리 연애하던 사람이 지금 남편분이세요?"

"어? 그 사람을 어떻게 알아? 근데 아니야."

스미다가 말했다. 만나지 못하면 마음도 멀어지는 게 아닐까.

"그분이랑은 왜 헤어지셨어요?"

"왜라니? 헤어질 때 되면 헤어지는 거지."

어리둥절해하는 내 얼굴을 본 선생님이 살짝 어이없다는 듯 웃었다.

"만날 때 만난 것처럼 헤어질 때는 헤어지는 법이야."


헤어질 때 선생님이 말했다.

"다행이다. 토노가 토노가 되어 있어서."

무슨 뜻인지 묻지 않았다.

하지만 모르면서도 이해되는 것들이 있다.

선생님의 말도 그런 유의 것이었다.

지금의 나라면 언제가 그 말을 따라잡을 수 있을 거라고 생각했다.

그래서 움직이기로 마음먹었다.

주머니에서 쿠보타 씨에게 받은 명함을 꺼낸다.

마음을 먹기도 전에 재빨리 휴대 전화에 명함에 적힌 번호를 눌렀다.

# 제7장

　신주쿠에서 세이부 신주쿠선을 타고 20분, 역 앞에서 버스를 타고 다시 10분쯤 주택가를 빠져나오면 건물이 있었다.

　니시도쿄 과학관. 배후에는 살짝 흐린 하늘을 관통하듯 탑이 하나 서 있다. 초면의 그 구조물이 송신탑이었음을 가까이 가서야 깨닫는다. 인공물인데 불가사의하게도 자연과 조화롭게 보였다.

　과학관으로 들어가자 천장에 매달린 거대한 탐사선이 눈에 들어왔다. 아마도 실물 크기의 모형일 것이다. 튼튼하되 세련된 아름다움이 깃들어 있다.

　탐사선을 올려다보는데 갑자기 초등학생들이 와락 몰려

들었다. 평일 정오 시간대라 방과 후 수업일 것이다.

"이건 보이저라는 거예요. 1977년에 지구에서 발사되어 지금도 우주를 여행하고 있죠."

하얀 가운을 입은 남자의 목소리에 조그만 얼굴들이 일제히 공중을 올려다본다.

"이 탐사선에는 골든 디스크라는 금색 원반이 실려 있어요. 우주 어딘가에 있는 누군가에게 전하기 위한 지구의 메시지를 담은 거예요."

"어떤 메시지인데요?"

"여러 나라의 말과 소리요. 일본어도 있답니다."

아이들의 표정이 반짝 밝아졌다.

그때 담임으로 보이는 선생님이 말을 걸자 아이들이 종종걸음으로 달려갔다.

설명을 하던 하얀 가운의 남자가 이쪽으로 다가와 정중하게 고개를 숙였다.

"오가와 관장입니다. 잘 오셨어요."

"처음 뵙겠습니다. 토노입니다."

내 입에서 '처음 뵙는다'는 말이 나온 게 몇 년 만일까.

과학관에 떠도는 미래적인 분위기와 오가와 관장의 온화한 미소에 새로운 장소로 한 발 내디뎠다는 실감이 조용히 몸 깊숙이 스며들었다.


　오가와 관장의 제안으로 일단 과학관 안내부터 받았다.

　과학관에는 지하 1층부터 지상 2층까지 총 다섯 개의 전시실이 있다. 전시실과 전시실 사이에는 경사로와 나선형 계단이 있어 가로지를 수 없다. 건물 전체가 의도적으로 복잡하게 지어진 듯했다.

　"상당히 복잡하게 설계돼 있네요."

　그렇게 말하자 오가와 관장이 크게 웃었다.

　"네, 미아가 자주 발생합니다. 최단 거리로 목적지까지 가기 어렵습니다. 미로처럼 해 놔서 다양한 장소를 둘러보게끔 했죠."

　그렇구나.

　여기서는 샛길로 빠지는 게 전제에 있구나. 목적지에 효율적으로 도착하는 것보다 그 과정에서 체험하는 게 더 중요한 거야.

　문득 커다란 패널에 시선이 머물렀다.

　'우주에 남기고 싶은 말'이라는 제목 아래 수많은 메모지가 붙어 있다.

　자세히 보니 초등학생이 적었을 법한 손 글씨가 빼곡했다.

'고마워' '친구' '축하해' '화조풍월' '고기는 많이 밥은 적게' '중력'……

하나같이 아이들이 나름대로 신중하게 골랐을 단어라는 게 전해졌다.

한참을 보고 있는데 오가와 관장이 옆에서 말했다.

"토노 씨는 뭘 쓰시겠어요?"

"네?"

"사람이 평생 만나는 말의 수가 일본어는 5만 단어 이상이랍니다."

"오호!" 소리가 절로 흘러나온다.

"그중에 딱 하나만 우주에 남긴다면요?"

하나…… 뭘까.

머릿속에 아카리가 준 천문 수첩과 휴대 전화에 보관한 말들이 떠올랐다.

전부터 과거를 추억하는 일 자체에 후회를 느꼈다. 그때마다 응어리가 가슴에 남아 과거를 삼키면 나도 모르게 몸이 무거워졌다. 그러나 이상하게도 지금은 그 역시 괜찮을 것 같다는 생각이 든다. 과거에 머무는 감정이 있더라도 삼키지 말고 더 맛보자는 생각마저 든다.

그렇게 생각할 수 있게 된 원인은 역시 이 장소 때문일 것이다.

과학관이라는 어린이들이 모이는 이 공간에는 예전의 나를 그대로 데려와도 괜찮을 듯한 공기가 흐르고 있었다. 여기라면 기억해도 괜찮고 무서워해도 괜찮아, 하고 조용히 허락을 받은 느낌이 들었다.

남기고 싶은 말이 아니라 기억하고 싶은 말이라면 딱 하나 있다.

아카리가 마지막으로 한 말.

중학교 1학년 겨울 도쿄로 돌아오는 열차 문이 닫히기 직전, 아카리가 나에게 뭐라고 했었다.

그때의 풍경은 지금도 선명하게 떠오르는데 목소리만은 도무지 떠오르지 않는다.

아주 평범한 한마디였을지도 모른다.

아니면 평생 한 번밖에 듣지 못할 소중한 말이었을지도 모른다.

혹시 메모 중에 있다면. 기도하는 심정으로 메모지를 한 장 한 장 눈으로 좇는다.

다 아니다. 어딘가 조금씩 다른 느낌이다.


각 전시실에는 보고 배우는 것뿐만 아니라 오감을 이용해

체험하는 것도 곳곳에 흩어져 있었다. 나도 초등학생 무리에 섞여 체험을 해 봤다. 아이들은 환호성을 지르면서 차례차례 나타나는 것들에 푹 빠져 "이게 뭐야?" "왜?" 하며 끊임없이 궁금증을 자아냈다.

그런 분위기에 젖어 나도 관장에게 질문을 던진다.

"1991 EV라는 소행성 있죠? 2009년 3월 26일에 지구에 충돌한다고 말 나왔던."

"잘 아시네요."

관장은 다소 놀란 듯한 표정을 지었다.

"어릴 때 그 기사를 읽었습니다. 과학 책에 적힌 건 다 믿었어요."

"저도 그런 아이였습니다."

관장은 비밀을 공유하듯 살짝 목소리를 낮췄다.

"그렇지만 지금은 과학을 알면 알수록 과학만으로 해명할 수 없는 게 많음을 깨닫습니다. 일어날 일은 언제든 일어난다는 느낌이랄까요."

관장의 말에는 묘한 설득력이 있었다.

조금 더 깊이 묻고 싶었으나 초등학생들에게 끌려 문 워커 승강장으로 향한다. 문 워커는 달 표면에서의 보행을 체험하기 위한 교통 수단이다.

문 워커에 올라탄 순간 몸이 붕 떠올라 나도 모르게 웃고 만다. 아래에서는 아이들이 손을 흔들고 있다. 덩달아 나도 손을 흔들었다. 어린 시절의 나도 이런 느낌이었을까.

마지막으로 플라네타륨으로 안내되었다.

플라네타륨 안에는 맑은 공기가 가득해 신체 중력까지 가벼워진 느낌이었다.

영사를 준비하는 스태프의 콘솔 화면에 프로그램 코드가 비쳤다. 절로 몰입이 된다. 그런 내 모습을 옆에서 지켜보는 관장이 미소 짓는 게 느껴졌다.

"토노 씨, 랑데부란 말 아세요?"

"우주 용어인가요?"

"네, 남녀가 몰래 만난다는 뜻이 있는데 우주 용어에서는 우주 비행사끼리 만나는 걸 가리킵니다."

오가와 관장은 두 우주선 모형을 들고 움직이면서 설명했다.

"같은 궤도를 날아 서로 접근하면서 비행한 후 도킹합니다."

그렇게 말하고는 모형을 가까이 댄다.

"이 랑데부와 도킹을 모의 체험할 수 있는 시뮬레이션 프로그램을 개발하고 싶습니다."

관장이 나를 정면으로 응시했다.

"토노 씨, 부디 협력해 주시길 바랍니다."

생각할 것도 없었다.

여기 오기 전부터 이미 결정은 내렸다.

"저야말로 꼭 하게 해 주십시오."


돌아오기 전에 관내의 기프트 숍에 들렀다. 우주 도감, 광석 표본, 작은 망원경. 죄다 옛날에 갖고 있었거나 갖고 싶었던 것들이다.

서적이 꽂힌 선반 구석에 『천문 수첩 2008』이 놓여 있는 게 눈에 들어왔다. 기노쿠니야 서점에서 산 것과 같은 것이다. 매년 바뀔 텐데 이상하게도 이제까지 본 기억이 없다. 그런데 요즘 들어 부쩍 이 수첩이 내 눈에 띄고 있다.

"만날 때는 만나는 법이야."

스미다 선생님의 목소리가 저 멀리 어디에선가 들린 것 같았다.


∴


기노쿠니야 서점 휴게실에서 파트타임 직원 다무라 씨와

편의점 팬케이크들을 먹으며 맛 평가를 하는데 벌컥 문이
열렸다.

"더는 못 해. 지구가 통째로 멸망이라도 안 하나?"

아르바이트 직원 오하시가 들어오며 투덜댔다. 다무라 씨
가 나에게 가까이 얼굴을 대고 조그맣게 말한다.

"회사 또 떨어졌나 봐."

오하시는 힘든 일이 생기면 언제나 '지구 멸망'이나 '지구
리셋'을 원하는 버릇이 있다.

"지구에 접근 중인 소행성이 있긴 한데."

내가 말하자 오하시는 생각보다 진지한 표정을 지었다.

"운석? 커다란 놈이 떨어집니까?"

너무 진지해서 다무라 씨와 눈이 마주친 순간 웃음을 터
트리고 말았다.

"단거라도 먹고 힘 좀 내."

내가 팬케이크를 건네자 다무라 씨가 거들었다.

"목욕도 좀 하고. 샤워만 하면 운이 안 붙어. 구직 활동은
그다음부터라니까."

목소리가 밖에까지 새어 나갔는지 문 너머에서 코시미즈
씨가 얼굴을 내밀며 말했다.

"뭐야? 즐거워 보이네."

"전혀 아니에요. 떨어졌다고 비웃음당하고 있어요."

오하시는 삐진 듯 말하고 팬케이크를 가방에 툭 던져 넣었다.

누군가와 쓸데없는 수다를 떨면 마음이 살짝 부드러워진다. 여기서 일하면서부터 그런 시간이 늘어난 듯하다.

코시미즈 씨와의 워크숍 준비도 그중 하나였다. 다음 강좌에 맞춰 도감을 펼치면서 로켓 이야기로 흥이 오르면 마치 방과 후 교실에서 친구와 수다를 떠는 기분이 들어 서점 업무라는 사실을 잊고는 한다.

"시노 씨는 옛날부터 친구 많았지? 고향이 어디야?"

코시미즈 씨가 갑자기 물어본 적이 있다.

"고향이라고 부를 만한 데가 없어요. 부모님이 계속 전근을 다녀서 어릴 때부터 친구가 하나도 없었어요."

"어머, 전혀?"

의외라는 목소리에 말을 고친다.

"아뇨……, 한 명 있었어요."

입 밖에 낸 순간 가슴속에 옅은 빛이 퍼졌다.

"좋은 추억이겠네."

추억. 정말 그럴까. 듣고서 생각해 본다. 도감 페이지를 넘기는데 차오르고 기울기를 되풀이하는 달의 그림이 나온다.

그림을 보며 생각했다. 아아, 지금도 계속 이어지고 있어. 그 래서 말했다.

"추억이 아니라 지금도 일상이에요."

흘러나온 목소리는 누구보다 내 자신에 대한 대답처럼 들렸다.

"멋지다." 코시미즈 씨가 고개를 끄덕였다.

그 친구와 더는 만나지 못한다고 하자 코시미즈 씨는 따스한 눈빛으로 나를 바라봤다.

"다시 만나면 좋겠네."

─만나면, 좋겠어요.

그 대답은 소리가 되어 나오지 못했다. 그저 마음속에 담아 두기로 했다.


일전에 플랫폼에서 전철을 기다리다가 초등학생들의 대화를 들었다.

"사람과 사람이 만날 확률은 0.0003퍼센트래."

사립 학교 교복을 입은 남자아이가 책을 들여다보면서 의기양양하게 말하자 옆에 있던 여자아이가 받아쳤다.

"그렇게 낮을 리 없어. 난 얼마 전에도 연예인을 봤는걸?"

"와, 대단하다! 누구였어?"

"이름은 잘 몰라."

거기서부터 아이들의 대화는 어느새 커피 우유로 넘어갔다.

다른 사람이 들으면 종잡을 수 없는 대화이겠으나 당사자들에게는 하나의 선으로 이어져 있을 것이다. 그 이유는 오늘도 내일도 함께 있을 것임을 의심하지 않기 때문이다. 어릴 때는 누구나 그렇게 생각한다. 언젠가 헤어질 거라고 생각하지 못한다. 내일도 또 만날 수 있다고 믿는다.

어른이 되면 만남이든 재회든 그 초등학생이 말한 숫자처럼 아주 작은 확률로 이루어짐을 깨닫는다.

그래서 '다시 만나면 좋겠다'는 말은 어른이 될수록 이루어지기보다 멀어지는 울림을 더 많이 띠게 될 것이다.


〈바다 보러 가지 않을래?〉

깊은 밤 코시미즈 씨의 메시지가 도착했다.

낮에만 대화하는 사이였고 겨울에 바다를 보러 갈 것 같은 타입은 아니었기에 화면을 보고 조금 놀랐다.

에노시마 근처일 줄 알았는데 이어진 메시지에는 〈미나토미라이와 오다이바 중에 어디가 좋아?〉라고 적혀 있었다.

그 질문에 오랜만에 요코하마에 가고 싶다고 대답했다.

미나토미라이역과 연결된 퀸스 스퀘어에서 만나기로 했다. 구름 한 점 없는 푸른 하늘이 타워 호텔과 관람차를 또렷하게 부각시켜 줬다.

"어젯밤에 늦게 문자 보내서 미안해. 아침에 볼 줄 알았는데."

"아뇨, 깨어 있었어요. 마침 스카이프로 통화를 해서."

그렇게만 말했는데 이유를 알아차린 듯하다.

"그래? 멜버른이랑 시차가 얼마나 돼?"

"두 시간이요."

"의외로 많이 안 나네. 그렇게 먼데."

정말이다. 직접 만나기에는 너무 먼데 이야기하기에는 충분히 가까운 거리다.

"우리 때는 스카이프나 휴대 전화가 없어서 멀어지면 그 길로 작별이었는데."

코시미즈 씨가 웃으면서 말했다.

여기까지 왔으므로 관람차를 타자 싶어서 줄을 섰다.

평일 낮이라 사람이 그리 많지 않았다. 대학생으로 보이는 커플이 휴대 전화로 서로의 사진을 찍어서 보여 주고 있다. 우리도 따라서 휴대 전화로 서로를 찍어 줬다. 추억이 즉석에서 바로 보존된다.

곤돌라가 조용히 부상하며 지상의 소란스러움과 조금 멀어졌을 때 나는 과감하게 물었다.

"멀어져서 그길로 작별이었던 적이 있으세요?"

관람차를 타기 전에 했던 말이 마음에 걸렸기 때문이다. 코시미즈 씨는 별일 아니라는 얼굴로 살짝 웃으며 말했다.

"응."

"장거리 연애요?"

"엄밀히 말하자면 내 짝사랑이었어. 그 사람은 결혼했었으니까."

코시미즈 씨는 창밖을 보며 말을 이었다.

"한 달에 한 번 후쿠오카 영화관에서 만나 영화 한 편 보는 사이에 불과했어. 시간으로 따지자면 두 시간쯤. 그렇지만 그 시간이 내 이십 대의 전부였어."

그 옆얼굴은 미나토미라이가 아니라 후쿠오카 영화관의 스크린을 보고 있는 듯했다.

창문 아래 광장에 문득 눈길이 머문다. 아무도 없는 벤치에 초등학생 둘이 어깨를 맞대고 책을 읽는 모습이 비친다. 기억의 잔상이라기보다 눈앞 풍경 속에 지나간 시간이 조용히 겹친 것이다.

'그 무렵'은 어딘가 멀리 있는 게 아니다.

늘 내 일상에 숨 쉬고 있다. 지나간 시간은 지금 나의 걸음 걸이와 말 구석구석에 분명한 형태를 남기고 있다.

관람차는 어느새 정점에 다가가고 있었다.

높이 오른 만큼 시작 지점에서 가장 멀리 떨어졌다가 또 다시 천천히 돌아온다. 다만 돌아올 때 보이는 풍경은 오르 기 전과 다를 것이다. 똑같은 시간은 없는 것처럼 똑같은 풍 경 역시 존재하지 않는다. 그렇기에 우리는 눈을 감고 그 안 에 있는 기억을 수없이 '지금' 안에 투영하는지 모르겠다.

"아, 꼭대기다."

코스미즈 씨의 목소리에 고개를 드니 작은 꽃다발이 눈앞 에 있다.

"시노 씨, 약혼 축하해."

"고맙습니다."

곤돌라가 작은 소리를 냈다. 아주 조금 미래를 향해 움직 이기 시작했다는 신호라도 되는 양.


한 해를 마감하는 섣달그믐날. 이와후네역에 내려서자 쨍 하게 팽팽한 공기가 맞아 주었다.

이와후네는 물론 도치기에 오는 것도 오랜만이었다.

6년밖에 살지 않았는데 아무래도 여기에 오면 '돌아왔다'

고 느낀다.

그것은 이 역이 그때와 조금도 다름없기 때문인지 모른다. 역 건물이 새로 지어졌는데 구조에 큰 변화는 없었다. 개찰구 왼편의 대합실 난로는 예전과 똑같은 얼굴을 하고 따뜻하게 불을 지피고 있었다.

그 앞에 앉아 열차를 기다리던 기억은 지금도 사라지지 않고 온기를 남기고 있다.

"시간으로 따지자면 두 시간쯤. 그렇지만 그게 내 이십 대의 전부였어."

코시미즈 씨가 한 말을 떠올린다. 내게는 이 역이 그랬다.

눈 내리던 그날 난로 앞에서 그가 타고 오는 열차를 기다린 그 몇 시간이 이 마을에서 지낸 6년의 전부였다.

본가에서 기다리는 어머니에게 역에 도착했다고 알리자 데리러 오겠다고 했다. 괜찮다고 하고는 걸어서 집에 갔다. 하늘이 몹시 흐려서 당장이라도 눈이 내릴 듯한 냄새가 났다.

본가에 가니 아버지와 어머니가 맞아 줬다. 이전과 다름없는데 오늘따라 어쩐지 융숭한 대접을 받는 것 같다고 느끼는 이유는, 아마도 이번이 셋이서 지내는 마지막 연말연시이기 때문일 터다.

4월이 되면 나는 결혼해서 호주 멜버른으로 간다.

약혼자는 이미 그쪽에서 살고 있다. 상사에 근무하는 그는 작년부터 멜버른 지사에서 주재원으로 일하고 있다. 결혼 이야기는 그의 부임 전부터 나왔는데 입적과 생활까지 한꺼번에 정리할 여유가 없어서 한동안 떨어져 지냈다. 그가 봄에 일시적으로 귀국하면 식을 올리기로 했다. 결혼식 후에 같이 호주로 건너가는데 주재 임기는 5년이 예정돼 있다.

"한동안 아카리가 일본에서 해를 넘길 일은 없겠네."

아버지가 스키야키(일본식 전골 요리 - 옮긴이 주)를 준비하면서 조금 쓸쓸하게 말했다.

"방에 있는 종이 상자는 그대로 둘까?"

어머니의 말에 식사하기 전에 조금 치워 둘까 싶어서 자리에서 일어난다.

고등학교 때까지 쓰던 방은 어질러져 있지는 않았으나 잘 정돈되어 있지도 않았다. 왠지 누군가가 아직 쓰고 있는 듯한 흔적이 남아 있었다. 책상 위에는 당시 쓰던 국어사전과 영어 단어장이 그대로 놓여 있고 펜 통이나 서예 도구도 그대로 제자리에 놓여 있다.

옷장을 뒤졌더니 유성펜으로 '옛날 물건'이라고 써 놓은 상자가 나왔다.

안에서 사각형 깡통을 꺼내 연다.

맨 위에 『천문 수첩 1992』라고 인쇄된 수첩이 있었다.

뒤집어 보니 두 개의 이름이 나란히 적혀 있다.

시노하라 아카리.

토노 타카키.

글자가 그 무렵과 똑같다.

조금 특이한, 한없이 열심이고 진지할 듯한 글씨.

오늘 밤에 다시 읽어 보자. 본가에 오기 전부터 마음먹었었다.


타카키와 만난 건 1991년 1월이다.

초등학교 5학년 3학기에 세타가야의 초등학교에 전학을 갔을 때였다.

"괜찮아."

처음으로 그렇게 말해 준 사람이 그였다.

전학생의 첫날은 모든 게 시험 같은 법이다.

잘 스며들기보다는 그저 틀리지 않으려고 애쓸 뿐이다.

몸가짐, 소지품, 말씨가 너무 튀지 않고 최대한 나쁜 인상을 주지 않도록. 자기소개하는 목소리가 조금만 크면 건방져 보이고 작으면 어둡다는 소리를 듣는다. 어느 학교나 '딱 알맞음'이 있는데 그걸 모른 채 들어가는 일은 너무 무섭다.

타카키는 그 '딱 알맞음'을 슬쩍 알려 주었다.

이 학교만의 규칙, 암묵적인 룰, 알아 둬야 하는 사소한 것들을 아무도 모르게 조용히.

어떻게 내 불안을 이토록 잘 알까.

그런 의문이 들었는데 그도 전학생임을 알게 되었다.

우리는 방과 후 대부분의 시간을 아동관에서 함께 보냈다.

어른 없이 패스트푸드점 가기, 밤에 만나기, 용건 없는 긴 전화하기.

나에게는 그 모든 게 인생 최초의 사건이었다.

고민을 털어놓은 것도, 비밀을 공유한 것도, 약속을 나눈 것도, 아주 조금 미래에 관해 얘기한 것도.

나는 누군가와 마음을 나누는 일을 그 시간 속에서 처음으로 배웠다.


"아카리의 이름은 밝다는 뜻에서 '밝을 명(明)'의 아카리지?"

타카키가 조그만 망원경을 들여다보면서 물었던 게 기억난다.

10월이라고 할 수 없을 만큼 무더운 날이었다. 아동관이 주최한 천체 관측 이벤트가 있어서 부모님에게 거짓말을 하고 둘이 몰래 밤에 공원에 갔었다. 나는 타카키 옆에서 밤하늘을 올려다보고 있었다. 그 무렵의 나는 별의 이름이나 하늘의 높이를 잘 몰랐다.

갑작스러운 질문에 가슴속이 꽉 조여 왔다.

"몰라. 물어본 적 없어."

그렇게 대답하니 타카키는 "분명 그럴 거야." 하고 의기양양하게 웃었다.

"내가 밝아?"

"응, 함께 있으면 나까지 밝아지는 기분이야."

타카키는 바로 대답해 주었다.

당시의 내가 타카키의 대답에 품었던 감정은 기쁨보다 놀라움이 컸다. 그래서 나는 아무 대답 없이 그저 침묵했다.

그날 밤 별은 보였으나 달은 보이지 않았다. 공원이 아주 캄캄하진 않았지만 달빛이 없어서 어둠이 더 넓게 펼쳐진 듯 느껴졌다.

"오늘은 초승달이라."

타카키는 그렇게 말하고 포켓 크기의 수첩을 열었다. 날짜 옆에는 시커먼 동그라미에서 하얀 동그라미로 바뀌는 기호가 늘어서 있다. 달의 차고 기욺을 표시하는 거라고 알려

쳤다.

"달은 스스로 빛나지 않아. 밝게 보이는 건 태양광을 반사해서야."

"그래?" 나는 놀라며 고개를 끄덕였다. 그 설명이 어쩐지 아주 깊은 의미가 있는 듯 여겨졌다.

"늦었지만 생일 선물이야."

타카키는 그렇게 말하며 내년 수첩을 나에게 건넸다. 『천문 수첩 1992』라고 인쇄된 표지. 이름의 울림이 멋져서 페이지를 넘길 때마다 가슴이 두근거렸다.

이 수첩에 있는 페이지를 다 메울 만큼 타카키와의 일정을 적어 넣을 수 있다면…… 하고 생각했던 것 같다.

가족이 아닌 사람에게 생일 선물을 받은 것도 그때가 처음이었다.

그날 이후 나는 천문 수첩을 참고하며 달을 찾는 버릇이 생겼다. 차고 기우는 마크를 손가락으로 확인하며 밤하늘을 관찰한다. 17년이 지난 지금도 여전하다.

그날 밤 우리는 불덩이를 봤다.

하늘이 확 밝아지더니 뭔가가 떨어졌던 것이다.

"불덩이다!"

타카키가 소리를 높였다. 나는 빛이 나는 쪽으로 달리기 시작했다. 뒤따라 달려온 타카키와 어느새 손을 잡고 그대로 놓지 않았다.

처음으로 누군가와 이어진 손이었다.

혼자는 불완전해도 둘은 완전해진다는 강력한 힘을 이어진 손을 통해 서로 느꼈을 것이다.


타카키와 함께 입학 시험을 준비했던 사립 중학교에 합격하고 돌아오는 길에 우리는 너무나 기쁜 나머지 얼른 봄이 왔으면 좋겠다고 얘기했다. 내 수첩에는 앞으로도 타카키와의 약속이 적히리라고 믿었다.

그로부터 며칠 뒤 학교에서 돌아오니 집 복도에 조립을 기다리는 종이 상자가 쌓여 있었다.

낯익은 광경에 불길한 예감이 들었다.

"엄마!"

소리치며 거실로 뛰어들어 갔다. 완성된 종이 상자들이 쌓여 있었다. 어머니는 이미 짐을 싸기 시작한 모양이다. 어머니를 찾아 부엌으로 가니 평상시처럼 저녁을 준비하고 있었다. 너무나 아무렇지 않은 모습에 화가 치밀었다.

"이제 계속 도쿄에 있는다며? 이사는 더 안 한다고 했잖아!"

"아버지도 놀라셨어."

어머니는 조용히 타이르듯 말하면서도 채소 써는 손을 멈추지 않았다.

"그럼 가쓰시카에 있는 이모 집에서 학교 다닐래."

"그건 더 어른이 된 다음에."

"난 애가 아니라고!"

"그렇게 어리광을 부리는 게 애야."

어머니의 목소리는 다정했으나 "어쩔 수 없잖니?"라는 말과 함께 대화가 마무리되었다.

언제쯤 더는 애가 아닌 게 될까.

한동안 그 물음이 머릿속에서 울리며 멈추지 않았다.

타카키가 말했었다.

"좋아하는 데서 살고 이사도 안 할 거야."

어른이 되면 하고 싶은 게 뭐냐는 질문에 대한 그의 대답이었다.

나는 그때 절실함이라는 단어를 비로소 이해한 느낌이었다.

타카키에게 어떻게 말하지?

슬픔이나 분노의 감정이 아니다. 이런 말을 하는 것 자체가 그를 배신하는 것 같아서 망설여졌다.

그래도 누군가에게 이해받고 싶어서 마음이 엉망인 채 집을 뛰쳐나왔다. 학교에서 돌아오는 길에는 부드러운 저녁노을을 볼 수 있었는데 지금은 비가 내리고 있다.

제일 가까운 공중전화 부스에 들어가서 외우고 있던 번호를 누른다.

호출음 다음에 타카키의 어머니가 전화를 받았다.

이름을 대자 밝은 목소리로 「잠깐만 기다려.」라고 말했다.

「아카리? 무슨 일이야?」

밝은 타카키의 목소리를 듣는 순간 목이 메었다.

"미안해."

제일 먼저 흘러나온 말이었다.

"아버지 전근이 결정됐어. 도치기로 이사 간대."

수화기 너머에서 짧게 숨을 삼키는 소리가 났다.

그리고 아무 소리도 들리지 않았다.

침묵이 흘렀다. 화가 난 것 같기도 하고, 체념한 것 같기도 했다.

발밑으로 떨어지는 빗방울이 신발을 적신다.

비가 아니었다. 내 눈물이었다.

「중학교는 어떡해? 애써 합격했는데.」

"이모네 집에서 다니겠다고 했는데."

「쭉 도쿄에 있을 거라고 했잖아?」

따진다기보다 확인하는 말투였다.

"미안…… 미안해, 타카키."

타카키는 담담하게 말했다.

「이제 됐어.」

그 목소리에 어떤 감정이 숨어 있었는지는 모르겠다.

화가 났는지, 체념했는지.

「됐다고.」

그저 그 말을 반복했다.

소리를 줄인 리모컨처럼 대화가 툭 끊어졌다.

그대로 시간이 다 되어 통화도 끊겼다.

졸업식 날 우리는 "내일 봐!" 정도의 이별 인사를 나눴을 것이다.

그러나 둘이 보낸 시간에 어울리는 이별은 할 수 없었다.

이별하기에는 너무나 슬펐기 때문이다.

이별을 제대로 받아들이기에는 아직 너무나 어렸다.

우리는 여전히 아이였다.


도치기로 이사하고 첫 여름을 맞았을 때 타카키에게 편지를 썼다. 사실은 훨씬 전부터 타카키에게 받은 천문 수첩의 빈 페이지에 글을 남기고 있었다. 초안 같은 형태로 쓰기 시작했는데 쓰다가 멈춘 상태였다.

타카키는 함께 중학교에 다니지 못한 데 여전히 화가 나 있을지 모른다. 이제는 내가 싫을 수도 있다. 이런 불안들이 풍선처럼 부풀어 이사 직후에는 좀처럼 편지를 쓸 수 없었다.

그런데 새로운 지역에서의 생활과 농구부 연습에 쫓기다 보니 마음이 조금씩 바뀌었다.

이대로 아무것도 전하지 못한 채 끝내는 건 아닌 것 같았다. 내가 침묵함으로써 타카키 안에 어떤 응어리를 남기는 건 아닐까. 만약 그렇다면 그걸 풀어 주는 일은 내 몫이라는 생각이 들었다. 타카키는 잘못한 게 하나도 없으니 말이다.

그뿐만이 아니었다.

이와후네역에서 집까지 돌아오는 길에 있는 벚나무 한 그루를 볼 때 문득 생각했다.

이 나무를 언젠가 타카키에게 보여 주고 싶을지도 모르겠다.

그렇게 생각할 수 있는 나였으면 좋겠다.

여기서 본 풍경과 바람 냄새, 일상의 소리를 전하고 싶은 이유는 아마도 멀리 떨어져 있기 때문일 것이다.

그의 마음에 무언가가 닿았으면 좋겠다는 생각으로 마침내 펜을 들었다. 천문 수첩 달력의 앞부분에는 둘이 지낸 수많은 일정이 지금도 조용히 남아 있다. 그 시간을 잇듯 내 근황을 수첩의 빈 페이지에 쓰고 봉투에 넣었다. 우편함에 넣는 순간 무척이나 긴장됐다.

내가 쓴 말들이 부디 무사히 타카키에게 도착하기를.

마음속으로 기도하면서 손가락 끝에서 봉투를 놓았다. 사람들은 우편 시스템을 당연하게 이용하지만, 수신자명과 우표만으로 누군가의 손에 닿게 하는 게 당시의 나로서는 조금 불가사의하게 여겨졌다. 그래선지 아주 최소한의 신뢰만 품고 미래의 시간과 거리에 의탁했던 것 같다.

그런데 깜짝 놀랄 정도로 빨리 답신이 도착했다.

답장이 오지 않으리라고 예상했는데 수첩은 바로 나에게 돌아왔다. 내가 쓴 바로 옆 페이지에 타카키의 글씨가 있었다. 너무 기뻐서 여러 번 읽고 나서 다음 페이지에 답장을 써서 또 보냈다.

그렇게 시작한 대화는 계절을 넘기며 겨울 끝자락까지 이어졌다. 스무 페이지 정도였던 천문 수첩의 여백이 어느덧 둘의 글로 가득 채워져 있었다.

중학교 1학년이 끝나갈 무렵 이번에는 타카키가 가고시

마로 전학을 가게 되었다. 우리는 그전에 만나자는 계획을 세웠다.

그 무렵 우리에게 가고시마와 도치기는 두 번 다시 만날 수 없다고 생각할 정도로 멀었다. 도치기와 도쿄도 한없이 멀게만 느껴졌으니까.

우리가 재회하기로 한 날 도쿄에서 내린 눈은 도치기까지의 거리를 더욱 멀게 만들었다.

타카키를 태운 열차는 예정보다 훨씬 늦게 심야 시각에 이와후네역에 도착했다.

기다리는 건 아무렇지 않았다. 나보다는 나아가지 않는 열차에서 추위와 불안을 견디고 있을 타카키가 훨씬 더 힘들었을 것이다.

헛간에서 담요를 두르고 우리는 아주 조금 미래에 대해 이야기했다.

그 시간은 짧았으나 만나지 못한 시간을 메울 만큼 특별했다.

그날 밤 우리는 한 가지 약속을 했다.

다음 날 아침 역 플랫폼에서 타카키를 배웅할 때 수첩에 적은 마지막 편지는 건네지 않았다.

거기 적힌 내용은 내 마음뿐이었기 때문이다.

그보다는 타카키에게 어울리는 말을 전하고 싶었다.

목소리로 내야만 전해지는 말을.

첫차에 올라탄 타카키의 등에 대고 나는 열심히 중얼거렸다.

그것은 그때의 나만이 할 수 있는 단 하나의 말이었다.

# 제8장

새해 첫날을 고토쿠지의 방에서 맞았다.

본가에 돌아갈 계획이었는데 관뒀다. 2009년을 맞기에 이 거리가 가장 적당한 느낌이 들었기 때문이다.

컴퓨터를 열었더니 오가와 관장으로부터 신년 인사 메일이 와 있었다.

〈새해 복 많이 받으세요.〉

짧은 인사 다음에 부탁이 하나 있다고 했다.

과학관 일은 업무 위탁이라는 형태로 받아들였다. 이른바 프리랜서 프로그래머다. 외부 인력이라는 처지이나 마음은 조금씩 내부인이 되어 가고 있다. 처음에는 정장을 입고 다녔다. 그런데 어느 날 관내에서 미아가 된 아이에게 말을 걸었을 때 아이가 울 듯한 얼굴로 도망친 일이 있었다. 이후 관장에게 부탁해 직원들과 같은 점퍼를 입었다. 이름표도 받았다. 복장이 완전히 똑같아진 뒤부터 아이들이 말을 걸어왔다.

집에서 할 수 있는 일도 있지만 어느새 평일 대부분을 과학관에서 보내게 되었다. 아침 7시에 집을 나서서 밤 8시에 집에 돌아오는 날들이 이어졌다.

〈휴관일에는 컴퓨터를 만지지 마세요.〉

관장이 못 박았다. 이곳에서 일하려면 화면을 보는 일뿐만 아니라 걷고 보고 만지고 냄새를 느끼고 살아가는 데 필요한 소리를 듣는 게 중요하다고 배웠다.

그 감각이 내 안에도 조금씩 뿌리를 내리기 시작했다.


관장의 이번 부탁은 〈토노 씨의 목소리를 빌려 주세요.〉라는 것이었다. 자세한 내용은 적혀 있지 않다. 다만 지정된 날짜가 눈길을 끌었다.

2009년 3월 26일. 소행성 1991 EV의 충돌이 예측된 날이다.

그와 관련된 내용인지 바로 물어볼 수도 있었으나 오늘은 이쯤하기로 했다. 일 얘기보다 새해 인사가 더 중요하다고 생각했기 때문이다.

〈올해도 잘 부탁드려요.〉

짧고 아주 평범한 답장이었는데 관장은 바로 답신을 보냈다.

〈새해 첫날부터 컴퓨터를 만지면 안 됩니다.〉

화면의 글자를 보자마자 오가와 관장의 목소리가 그대로 들리는 것 같아서 나도 모르게 웃고 말았다.

2009년에 처음 들은 소리는 내 웃음소리였다.


∴


"시노하라 씨, 떨어지는 건 운석이 아니라 눈인데요?"

오픈 전 휴게실에서 오하시가 바람막이 어깨에 쌓인 눈을 보여 주며 들어왔다.

실내에는 나 말고도 다무라 씨가 있었는데 오하시의 말에 대꾸하지 않고 코트를 벗었다.

휴게실 TV에는 '도쿄에도 눈'이라는 자막과 함께 반쯤 핀 벚꽃 잎에 눈이 내려앉는 영상이 흐르고 있다.

벽에 걸린 일력을 봤다.

2009년 3월 26일.

이 날짜가 진짜 올 줄이야. 오래전에는 아주 멀고 먼 일이라고 생각했다. 신용 카드 만료일이나 다음 올림픽처럼 현실감 없는 미래의 숫자들이었다.

그러나 여러 해 바라만 보던 그 숫자들이 지금 내 눈앞을 지나가고 있다.

"운석이 정말 안 떨어지려나?"

나의 감상과 달리 오하시는 또다시 투덜댄다.

"아니, 노스트라다무스가 예언한 날에도 아무 일도 안 일어났잖아."

다무라 씨가 장화를 벗으면서 웃었다.

"예언은 대체로 안 맞아."

"예언이 아니라 계산이에요."

나도 모르게 다무라 씨의 말에 반론이 튀어나왔다. 나 자신조차 놀랄 만큼 강한 어조였던 탓에 다무라 씨와 오하시가 순간 놀란 표정으로 이쪽을 쳐다봤다.

"……궤도가 틀어져서 지구에서 멀어졌을 거라고요."

이번에는 다소 목소리를 낮춰 말했다. 다무라 씨는 평소처럼 웃으며 대꾸했다.

"어쨌든 틀렸잖아?"

"내 궤도도 맨날 틀어지기만 하는데."

오하시가 자조적으로 중얼거렸다. 그도 그럴 것이 3월의
막바지에 접어들었음에도 여전히 취업을 내정받지 못했기
때문이다. 오하시는 대학에 1년 더 남아 구직 활동을 해야
한다고 말했다.

오하시는 기자 지망생으로 신문사와 출판사만 고집했다.
초등학생 때 헤어진 아버지가 보도 카메라맨이라 그 뒤를
따르고 싶었던 모양이다.

"같이 살지도 않은 사람의 영향만 받다니 어머니한테 죄
송해요."

오하시는 취중에 속마음을 흘리며 울음을 터뜨린 적이 있
다. 같이 있던 사람들이 무슨 말을 해 줘야 좋을지 몰라서 당
황한 가운데 다무라 씨가 얼른 상황을 수습했다.

"어머니는 함께 있는 것만으로도 충분하실 거야."

다무라 씨가 오하시의 등을 쓸어내리면서 말을 이어 갔다.
"아버지는 더는 안 만나?"

"중학교 2학년 때부터 한 달에 한 번 만났어요. 부모님들
끼리 마음대로 정한 약속이었죠. 지금은 가끔 문자나 주고
받는 정도예요."

"그렇구나."

"점점 할 말이 없어지더라고요."

스스로를 책망하는 듯한 오하시의 말투에 다무라 씨가 웃어 주었다.

"원래 그래. 나도 남편하고 아들이랑 한집에 살지만 대화가 전혀 없는걸."

그때 내내 입을 다물고 있던 점장이 훌쩍 입을 뗐다.

"어제 읽은 소설에 이런 문장이 있었습니다. '함께 있다는 것과 상대를 생각하는 것은 시간적으로나 공간적으로나 전혀 다른 장소에 있는 것이다.'"

누가 맞장구를 치기 전에 점장이 계속했다.

"떨어져 있어도 서로의 일상에 녹아 있는 관계도 있죠. 반대로 매일 옆에 있다가 사라진 뒤에야 깨닫는 관계도 많습니다."

"나도 일주일쯤 가출해 볼까? 그럼 우리 아들이 조금쯤은 고마워해 주려나?"

다무라 씨의 체념 어린 말에 모두가 웃었다.

하지만 웃음이 가라앉자마자 다시 조용해졌다. 다행히 기분 나쁜 침묵은 아니었다.

저마다 누군가를 생각하는 듯한 편안한 정적이었다.

도쿄에 내린 봄눈이 낮이 될 즈음 본격적인 폭설이 되어 손님의 발길이 드문드문 줄어들었다.

　이날은 정오 이후에 교대하는 일정이라 다른 직원에게 알리고 사무실로 나왔다.

　안에서는 점장이 거래처 출판사 영업 담당자와 전표를 끼고 머리를 맞대고 있었다.

　"이 정도 눈이면 퀵도 못 잡아요."

　담당자가 살짝 짜증을 내면서 말했다.

　"큰일이네요."

　점장이 한숨을 섞어 가며 말했다.

　"무슨 일이에요?"

　점장은 곤란한 표정으로 고개를 저으면서 상황을 설명했다.

　보통 서적은 출판사에서 중개상을 거쳐 전국 서점에 배송된다. 또 이벤트 회장이나 박물관, 미술관에 납품할 때는 서점을 거쳐 책을 보내기도 한다. 그런데 이번에 어떤 과학관에서 직접 배송으로 추가 주문을 넣었는데 상품이 상대가 원한 과학관이 아니라 우리 서점으로 와 버렸다는 것이다. 팩스를 잘못 보낸 게 늦게 발견되었단다.

　"내일 받게 하면 되지 않을까요?"

담당자가 말했으나 점장은 고개를 갸웃거리며 결정을 내리지 못했다. 일부러 직송 납품을 의뢰했으므로 아무래도 급한 안건일 것이다.

"어디로 보내야 하는데요?"

주문서를 보니 주소가 도쿄도로 시작되고 있었다.

"제가 갖다줄까요? 오늘 업무는 끝났고 다른 약속도 없거든요."

그렇게 제안하자 점장은 안도하며 양손을 모았다.

"그럼 너무 좋지! 부탁합니다."


신주쿠에서 일한 지는 오래되었는데 세이부 신주쿠선을 타는 건 처음이었다.

시간대 탓인지, 아니면 날씨 탓인지 승객이 그리 많지 않아서 책이 든 종이봉투를 안고 자리에 앉을 수 있었다.

차창 너머로 계절과 어울리지 않는 눈이 조용히 흘러간다.

눈이 쌓이는 도치기에 살아서 눈이 특별하지는 않다. 그러나 도쿄에서 내리는 눈은 도치기에서 익히 본 눈과 조금 달랐다. 길거리도 조금 곤란해하는 듯 보였다.

교외 역에서 내리니 때마침 목적지로 가는 버스가 서 있기에 그대로 탑승했다. 주택가를 헤치고 나아간 끝에 송신

탑과 미래적인 디자인의 건물이 모습을 드러냈다.

받을 곳은 과학관이고 상품은 『천문 수첩』 최신판이다.

그리고 오늘은 2009년 3월 26일.

불가사의할 만큼 이런 날 내가 여기에 올 이유가 모두 갖추어져 있다.

우연이라기보다 미리 다 정해진 듯.

운석은 떨어지지 않았으나 오늘은 틀림없이 무슨 일이 생긴다.

그렇게 생각하는 건 컬러 버스 효과 때문이겠지.

컬러 버스 효과란 어떤 사물에 의식을 집중하면 그와 관련된 정보가 자연스레 눈에 들어오는 현상을 가리키는 말이다. 파란 버스를 찾으면 평소보다 파란색이 많이 보인다. 오래전 타카키가 알려 준 이야기다.

학교에서 아동관에 도착할 때까지 파란 게 열 개 있으면 좋은 일이 일어난다는 놀이를 했다. 일단 세기 시작하면 놀랍게도 여기저기에 파란색이 있었다. 하늘, 차, 간판, 심지어 지나가는 사람의 코트까지 온 세상이 파랬다.

진짜 보고 싶은 것은 반드시 내 앞에 나타난다.

그런 생각을 하게 된 것도 그 무렵부터였을지 모른다.

코시미즈 씨가 한 말을 떠올린다.

─만날 사람은 만나는 법이야.

분명 같은 말일 것이다.


과학관에 들어가자 뻥 뚫린 천장에 보이저가 떠 있는 게 보였다. 그 밑에서 초등학교 고학년 정도의 남자아이가 가만히 보이저를 올려다보고 있다. 아이의 눈에는 단순한 동경이나 천진난만함과는 다른 빛이 깃들어 있었다. 모르는 것을 알기 직전의 독특한 정적. 그 표정에서 낯익은 그리움을 느꼈다.

이 과학관이 생겼다는 사실은 도치기로 이사한 후에 알았다.

만약 초등학교 때 이 과학관이 있었다면 틀림없이 나와 타카키는 수없이 이곳을 찾았을 것이다.

그리고 들어오자마자 보이는 보이저에 열중했을 게 분명하다.

접수처에서 서점 이름을 대니 바로 관장이 나왔다.

"눈까지 오는데 오시게 해서 죄송합니다."

"아닙니다. 저희야말로 실수하고도 알아채지 못해서 죄송합니다."

추가 주문한『천문 수첩』열두 권을 건넨다.

"안 그래도 전부터 이 과학관에 오고 싶었어요."

그러자 관장이 흐뭇한 표정을 지었다.

"시간 되시면 둘러보고 가세요."

그러고는 관내를 안내해 주었다.

도서 코너 한쪽에 과학 잡지 과월호가 빼곡하게 꽂혀 있었다. 1991년, 1992년. 그 무렵 것도 있을까.

"뭘 찾으세요?"

관장의 목소리에 나도 모르게 내뱉었다.

"……옛날에 지구에 접근한다는 소행성 기사가 있었는데요."

관장은 바로 고개를 끄덕였다.

"이겁니다."

과월호 중에서 망설임 없이 한 권을 꺼내 페이지를 펼치고는 해당 기사를 보여 주었다. 그 익숙한 손놀림에 과학관의 관장은 이토록 자연스럽게 기억과 자료를 연결하나 싶어 감탄했다.

"전에도 똑같은 질문을 받은 적이 있거든요."

관장이 말했다.

돌아가기 전에 플라네타륨 영상을 보기로 했다.

"아시는 분이 의외로 좀 계시네요. 1991 EV는 일반적으로 그리 화제가 되지 않았는데요."

관장은 그렇게 말하면서 좌석으로 안내했다.

이 소행성 이야기는 타카키와의 비밀처럼 생각해 왔는데 아는 사람이 우리 말고도 많은 모양이다. 당연한 일일 텐데 이제야 깨닫는다. 다무라 씨에게는 '예언이 아니다'라고 하면서도 내 마음속 어딘가에서는 일종의 미신으로서 믿고 있었나 보다.

지구에 소행성이 충돌하다니 있을 수 없는 일이라고 생각하면서도 믿었다.

아마도 과학적인 근거와는 아주 동떨어진 데서 생긴 믿음일지 모른다.

"오늘이죠. 충돌한다면."

관장은 내가 그렇게 말하기를 기다렸다는 듯 웃었다.

"네, 날짜까지 기억하시다니."

"약속한 날이거든요."

스스로도 놀랄 만큼 또렷하게 말이 나왔다.

관장은 흥미롭다는 듯 눈썹을 치켜세웠다.

"약속이요?"

나는 주저하지 않고 이야기를 시작했다. 이제까지 아무한테도 말하지 않았던 그날에 관해.

눈이 내리던 그날 타카키와 나눈 유치하지만 확실했던 약속.

과학관의 조용한 공기 때문일까. 아니면 상대가 과학관 관장이라는 사실이 등을 떠밀었을 수도 있다.

기억이나 감정, 우연이라는 불확실한 것에서 가장 멀리 있는 사람이자, 계산과 관측, 세계를 확실한 방법으로 풀어 줄 듯한 사람이어서 얘기했는지 모른다.

내 이야기를 다 들은 관장은 부정하지 않고 그저 조용히 고개만 끄덕이더니 이렇게 말했다.

"이 세계에서 과학이 해명할 수 있는 일은 아주 소수에 불과합니다. 다 아는 것 같아도 사실은 아직 모르는 게 훨씬 많죠."

나는 잠자코 듣고 있었다.

"우리는 그런 걸 뭐라고 부를까요?"

관장과 눈이 마주쳤다. '아세요?' 하고 묻는 느낌이었다.

"'우연'일까요?"

"아뇨."

내 확신에 찬 답은 바로 부정당했다. 관장은 조용히 고개를 젓고 말했다.

"'기적'이랍니다."

근처 초등학교에서 견학을 온 아이들이 속속 들어와 돔 안이 북적이기 시작했다.

"오늘은 저희 스태프가 직접 해설을 한답니다. 즐겨 보세요."

관장은 그 말을 남기고 출입구로 돌아갔다.

좌석 등받이에 몸을 맡기자 중력이 사라진 듯했다.

이윽고 조명이 꺼지고 천천히 정적이 차오른다. 그 안에서 하나, 또 하나 빛이 흩어지더니 밤하늘이 한가득 펼쳐졌다. 마치 우주 속을 유영하는 듯한 느낌이다.

"여러분, 밤하늘에서 달을 본 적 있죠?"

조용한 목소리가 상냥하게 공간을 채운다.

"저 달보다 훨씬 멀리 여행하는 게 행성 탐사선 보이저 1호와 2호입니다. 1977년에 지구를 출발해 지금은 지구에서 150억 킬로미터 떨어진 곳을 여행하고 있답니다."

말과 말 사이에 아주 작은 틈이 있었다. 준비된 대본이 아니었다. 이 자리의 분위기에 맞춰 이루어지는 해설이었다.

머리 위를 선회하는 보이저의 영상이 이윽고 우주 너머로 나아가더니 마침내 보이지 않게 되었을 때 해설도 끝났다.

"보이저는 지구로 다시 돌아오지 못합니다. 두 탐사선은 서로 다른 방향으로 아주 오랫동안 계속 나아갑니다. 그러니까 밤하늘을 볼 때마다 지금도 우주 어딘가에서 여행을 계속할 보이저를 생각해 주세요."

그 목소리는 어쩐지 나를 향해 던져지는 기분이 들었다.

내가 받아야 할 듯 살짝 내 손안에 내려앉는 느낌이었다.


"꽃잎 같아."

출구로 향하는 도중에 초등학생 여자아이가 창에 붙어서 내리는 눈을 바라보며 말했다.

"그렇다면 초속 5센티미터야."

나도 모르게 말을 걸었더니 여자아이가 고개를 갸웃거렸다.

"응, 그게 뭔데요?"

"꽃잎이 떨어지는 속도. 초속 5센티미터."

나란히 밖을 바라보는데 바로 앞에 벚나무 한 그루가 있었다. 가지를 훑듯 눈이 천천히 떨어진다. 그것은 정말 꽃잎 같았다.

"초속 5센티미터? 진짜요?"

"글쎄, 아주 옛날에 내가 그냥 생각한 속도야."

맞다. 그 말은 그냥 생각나는 대로 꺼낸 말이다.

그날 집으로 오는 길에 타카키에게 조금이라도 힘을 주려고. 과학을 좋아하는 그라면 틀림없이 좋아할 것 같아서.

그래서 순간적으로 만들어 낸 타카키를 위한 생각이었다. 단 하나의 속도였다.

여자아이는 눈을 반짝이며 친구에게 달려갔다.

"너 그거 알아? 꽃잎이 떨어지는 속도가 초속 5센티미터래!"

발밑에 여자아이가 떨어뜨리고 간 종이 한 장이 있었다. 오늘의 플라네타륨 안내가 적힌 종이였다.

나는 그것을 들고 과학관을 나와 버스에 탔다. 승객이 거의 없는 버스는 바로 출발했다.

2009년 3월 26일. 플라네타륨 라이브 해설.

—파란 버스를 찾으면 세계는 파래진다.

—과학으로 설명할 수 없는 것을 우리는 기적이라고 부른다.

—떨어져 있어도 서로의 일상에 녹아 있는 관계가 있다.

몇 가지 얘기가 머릿속을 맴돈다.

해설자 칸에 적힌 이름에는 토노 타카키가 있었다.

그날의 목소리, 그날의 속도, 그리고 그날의 우리도.

전부 다 지금 이곳에 있었다.

16년 전 첫차로 타카키를 배웅했을 때부터 결심했다.

약속 장소에는 가지 않겠다. 그와 만나는 일은 다시는 없다.

그런데.

지금 기적과 직면했다.

다만 여기에 있다는 사실을 아는 것만으로 충분했다.

입가가 홀쩍 풀어진다.

버스가 역 앞에 도착해 멈췄다.

창에 비친 내 미소를 확인하고 자리에서 일어났다.

# 제9장

"초속 5센티미터래."

상영이 끝나고 로비에서 바깥의 눈을 바라보는데 바로 옆에서 그런 소리가 들려왔다. 처음에는 잘못 들은 줄 알았다.

그러나 여자아이는 다시 또렷하게 말했다.

"꽃잎이 떨어지는 속도가 초속 5센티미터래. 저기 있는 언니가 알려 줬어."

"어! 진짜?"

옆에 있는 아이가 감탄하며 맞장구친다. 자연스레 발이 그쪽을 향했다.

"얘, 갑자기 미안한데."

스태프 점퍼를 입어선지 여자아이들은 경계심 없이 "네."

하고 대답하며 힘차게 돌아봤다.

"아까 말한 언니가 나랑 비슷한 나이였니?"

"아저씨는 몇 살인데요?"

발랄하게 물어 와서 조금 당황했다. 여자아이들은 내 대답을 기다리지 않고 나를 바로 옆 뮤지엄 숍으로 이끌었다.

"그 언니가 이걸 쓰고 있었어요."

아이가 손가락으로 가리킨 끝에 『천문 수첩 2009』가 잔뜩 쌓여 있었다. 그 옆에 조그만 POP 광고판이 세워져 있다.

〈달은 모양을 바꾸며 늘 당신이 올려다보는 장소에 있습니다.〉

펜으로 적힌 꾸밈없는 글씨였다. 그러면서도 어딘가 정겨운 느낌이 드는 글씨였다.

"토노 씨."

목소리가 나서 돌아보니 오가와 관장이 서 있었다.

"해설 정말 좋았어요. 다시 부탁할게요."

"아뇨, 너무 긴장해서 목소리가 떨렸을까 봐 걱정했습니다."

솔직하게 대답했다.

"토노 씨 목소리는 아주 좋아요. 성실하고 절실해요. 그런 목소리는 멀리까지 잘 들린답니다."

안심이 되는 동시에 솔직히 기뻤다.

처음 라이브 해설 제안을 받았을 때 너무 무거운 짐이라고 생각했다. 그러나 보이저 프로그램을 짜면서 어쩐지 내 목소리로 말해 보고 싶다는 생각이 들어 제안을 받아들이기로 했다.

참고로 쿠보타 씨는 관장에게 이야기를 듣고는 "녀석에게 긴 얘기는 무리야."라며 웃었단다.

"오늘은 일찍 폐관합니다. 토노 씨도 전철 끊기기 전에 퇴근하세요."

고개를 끄덕이면서 아침부터 내내 마음 한가운데에 있던 걸 떠올린다.

라이브 해설이라는 상황에 긴장한 탓에 일단 가슴 깊이 밀어 넣어 둔 게 서서히 떠올랐다.

오늘이 2009년 3월 26일—아카리와 약속한 날이라는 사실.

우연히도 16년 전 아카리를 만났을 때처럼 눈이 내리고 있다.

그게 어느 정도의 확률인지는 모르겠다. 그러나 16년 전의 우리라면 이렇게 말했을 것이다.

1991 EV가 지구에 충돌할 정도의 말도 안 되는 확률이라고.

신주쿠역 오다큐선의 일반 열차에 올라타자 안내 방송이 흘러나왔다.

「선행 열차 지연으로 5분 정도 늦게 출발하겠습니다.」

만약 열차가 바로 출발했다면 아무 일 없이 집에 돌아갔을 것이다.

그러나 이 5분이 사고에 약간의 틈을 만들었다.

이 시간이라면 아직 맞출 수 있지 않을까. 정신을 차려 보니 그렇게 생각하고 있었다.

정말 갈 생각은 전혀 없었다.

아니 안 가기로 마음먹고 있었다.

도치기의 이와후네까지 정확한 소요 시간은 생각나지 않는다. 그러나 그날 눈 탓에 두 배 이상 걸렸던 기억만은 또렷하게 남아 있다.

'그래도.' 마음속으로 말한다.

시계를 보니 오후 4시를 조금 넘긴 시각이었다.

아직은 제시간에 갈 수 있다.

옆 승객의 이어폰에서 미세하게 음악이 흘러나오고 있다. 익숙한 곡이었다. 그러나 제목은 생각나지 않는다.

자연스럽게 고개를 돌렸더니 교복 차림의 남자 중학생이 서 있다. 고교생이라고 하기에는 아직 어려 보이는 옆얼굴에 과거의 내가 겹쳐 보였다.

여전히 열려 있는 문에서 눈이 날아들었다.

지하인데? 정신을 차리자 과거의 기억과 현재의 광경이 하나로 떠올라 있음을 깨닫는다.

하얀 입자는 그날처럼 조용히 바닥에 떨어져 사라졌다.

이 문이 닫히면…… 아, 그런가?

나는 항상 저편에서 문이 나타나기만을 기다렸다.

그 문을 열었을 때 모든 걸 변화시킬 특별한 문과 또 만나기를.

그러나 지금은 다르다.

내 힘으로 문을 발견하고 스스로 손잡이를 잡아 열어야만 한다.

순간 몸이 움직였다.

어떤 장애물의 방해도 없이 너무나 쉽게 플랫폼에 내려섰다.

그래, 가고 싶은 장소로 그냥 가면 된다.

어디로든 특별한 이유 같은 것도 필요 없이 그냥 가면 된다.

이미 그때와는 다르다.

나는 분명히 어른이 되었으니까.

정신을 차리고 보니 다리는 이미 JR 개찰구를 향해 달리고 있었다.

사이쿄선의 플랫폼에 내려서자 눈을 헤치며 들어온 열차의 불빛이 16년 전의 기억을 환기시켰다.

중학교 1학년 겨울 나와 아카리는 딱 한 번 재회했다.

다네가시마로 이사를 가기 전에 아카리가 사는 도치기의 이와후네까지 아카리를 만나러 갔다.

천문 수첩에 편지를 쓰고 교환하면서 날짜와 시간도 정했다. 저녁 7시 이와후네의 벚나무 아래. 열차 시간표에서 환승 방법을 찾아서 각 열차의 발차 시각을 꼼꼼하게 베껴 쓴 메모를 수없이 읽었다.

열세 살. 혼자 멀리 가는 건 처음이었다.

아카리와 재회하기로 한 날 도쿄에는 눈이 내렸다.

아카리를 만난다는 사실에 각성되어 눈조차 특별한 연출로 보여서 아침부터 가슴이 두근거렸다.

그런데 그 눈이 모든 것을 바꿔 버렸다.

처음에는 열차가 지연되어도 움직이긴 했는데 점차 정차 시간이 길어지더니 종국에는 완전히 멈추고 말았다. 그럼에도 나에게 돌아간다는 선택지는 없었다. 그저 휘청거리며 서서 기다릴 뿐이었다.

사이쿄선까지 열차 안이 혼잡했으나 흐름은 순조로웠다. 코트 주머니에 든 봉투를 수없이 손가락으로 확인했다. 어젯밤 처음으로 편지지에 쓴 편지. 오늘 아카리를 만나면 전하고 싶은 말들을 혹시 말하지 못할 걸 대비해 편지에 채워 넣었다. 봉투의 감촉을 손가락으로 확인하다가 옆 승객과 부딪혔다. 그 승객이 혀를 찼다. "죄송합니다." 고개를 숙이고 봉투를 주머니 깊숙이 밀어 넣는다.

오미야역에서 갈아탈 때 지연 방송이 나왔다.

전자 손목시계의 시간을 볼 때마다 가슴이 점점 소란스러워졌다. 열차는 움직이되 역마다 수십 분씩 멈추기를 반복했다. 너무나 초조했다. 도착지까지의 거리가 줄어들지 않는다. 시간과 기력을 가차 없이 깎아 낸다.

정차해 있는 수십 분이 몇 시간처럼 느껴졌다. 열차 안에는 무거운 침묵만이 맴돌았다. 나는 문 바로 옆에 서 있었는데 개폐 버튼을 눌러야 하는 열차인 줄 몰라서 그대로 열어놓고 있었다. 너무나 피곤한 모습으로. 서 있는 내 옆에 앉은 남성이 손을 뻗어 말없이 버튼을 누른다. "죄송합니다." 나는 다시 고개를 숙였다.

그 뒤로도 나는 계속 서 있었다. 앉으면 무언가가 끝나 버릴 것만 같았기 때문이다.

머리 위의 노선도에서 이와후네까지의 거리를 수없이 확인한다. 아무리 봐도 줄어들 기미가 없다. 또 갈아타야 한다. 아직 여러 역이 남아 있다. 그런데 전자시계의 숫자가 19시 00분을 지나고 말았다.

약속 시간을 지키지 못했다.

열차 안의 형광등이 번쩍번쩍 깜빡일 때마다 마음의 실이 끊어지는 것 같았다. 이제는 바깥의 눈도 그저 무의미한 공백으로만 보였다.

마지막으로 갈아타야 하는 역. 다음 열차는 30분 뒤에나 온단다. 눈이 흩날리는 플랫폼에 우두커니 서 있는데 서서 먹는 소바집이 눈에 들어왔다. 그러나 그곳으로 가지 않고 자판기 앞에 멈춘다. 따뜻한 음료를 사려고 코트 주머니에 손을 넣었을 때였다.

봉투가 휙 떨어져 바람에 실려 멀리 날아갔다.

아카리에게 전하고 싶었던 말들이 눈앞에서 사라진다.

나는 그저 바라만 보고 있을 수밖에 없었다.

추위와 배고픔과 풀 길 없는 답답함이 어울려 울음이 터질 것 같았지만 참는다.

드디어 탑승한 료모선의 열차 안에는 아무도 없었다. 박스 자리에 몸을 묻고 모자를 푹 눌러썼다. 그러나 추위는 점점 더 몸에 스며들기만 했다. 발의 감각도 사라지고 없다.

마침내 열차가 커다란 소리를 내며 멈춘다. 「언제 복구될지 알 수 없다」라는 방송이 흐른다. 20시 54분. 시계의 숫자를 보며 드디어 이해했다.

더 이상 아카리와 만날 수 없다.

나는 손목시계를 끌러 사이드 테이블에 올려놓았다. 더는 시간을 보는 의미가 없다. 나에게 주어진 것은 소리도 의미도 없는 새하얀 시간뿐이었다.

열차는 그로부터 두 시간이 지나서야 움직이기 시작해 이와후네역에 도착했을 때는 밤 11시 15분이었다.

열차에서 내려 무거운 발을 질질 끌며 플랫폼을 걸었다. 눈 덮인 발밑에서 눈 밟는 소리가 너무 크게 울린다. 인기척은 없다. 그저 나라는 존재만이 정적 속에 떠 있다. 개찰구로 향하는데 약한 불빛 아래 역무원이 있었다. 차표를 내미니 말없이 받는다. 그것조차 어딘가 먼 세계의 일처럼 느껴졌다.

개찰구를 나서니 딱 한 군데 대합실에만 불이 켜져 있었다.

마치 어둠에 버려진 듯한 빛 속에 누군가가 앉아 있다.

설마 그럴 리 없다고 생각했다. 약속 시간에서 자그마치 네 시간 넘게 지났으니까. 눈을 한 번 감았다가 천천히 뜨고 앉아 있는 사람을 봤다.

그 모습이 시야에 뛰어든 순간 가슴이 먹먹해졌다.

왜 아직 있어?

목소리도 내지 못한 채 한 걸음씩 다가간다. 그리고 눈앞까지 왔을 때 낮은 목소리를 흘렸다.

"……아카리."

이름을 부르자 아카리가 천천히 고개를 들었다.

그 순간의 표정에 모든 게 담겨 있었다.

나를 기다린 시간, 불안, 기대, 그리고 포기하지 않았던 마음.

아카리가 살며시 내 코트 자락을 잡았다.

손등에 눈물이 툭 떨어진다.

그리고 다시 하나, 아카리의 무릎 위에 눈물이 떨어졌다.

정신을 차리니 나도 어깨를 들썩이며 울고 있었다.

멈추려 했지만 무슨 수를 써도 멈출 수 없었다.


대합실에 난로가 있어서 우리는 그 앞 벤치에 나란히 앉왔다.

아카리가 포트에서 따뜻한 차를 따라 준다.

"맛있어……."

"평범한 호지차야."

"……처음 마셔 봐."

아카리가 웃음을 터뜨렸다.

"거짓말."

아카리의 웃음소리에 훌쩍 긴장이 풀어졌다.

"그리고 이거 괜찮으면……."

아카리는 그렇게 말하고 무릎 위의 보자기를 풀었다. 정성껏 싼 보자기 안에서 주먹밥이 나타난다. 이동하는 중에는 너무 긴장해서 잊고 있었는데 드디어 허기가 느껴졌다. 한입, 두 입 베어 문다. 씹을 때마다 차가워진 몸 깊은 곳까지 온전히 채워진다.

"지금까지 먹어 본 음식 중에서 제일 맛있어"

"과장이 심한데!"

절대 거짓말이 아니었으나 아카리는 뭐가 재밌는지 웃었다.

그 얼굴이 보고 싶어서 오늘 여기까지 온 건지도 모른다.

우리는 역을 나와 눈길을 나란히 걸었다.

"안 가도 돼?"라고 묻자 아카리는 "괜찮아."라고 대답했다. 나와 마찬가지로 아카리 역시 틀림없이 부모님이 걱정하지 않을 어떤 말을 남기고 왔을 터다.

하고 싶은 말이 차고 넘치는데 무슨 말부터 꺼내야 할지 몰랐다.

그러나 아카리는 우리에게 공백 같은 건 없었다는 듯 평소처럼 이야기를 시작했다. 학교 급식, 수학 선생님의 버릇. 어디에나 있을 법한 이야기였다. 그 평범함에 이끌려 나도 어제의 연속처럼 이야기를 시작했다.

"지구에 접근하는 소행성 이야기 기억해?"

"응, 물론이지."

"만약 충돌한다면 계산상으로는 2009년 3월 26일이래."

"그럼…… 토노 생일 바로 전이네. 서른 살 직전."

서른 살이라는 울림이 너무나 멀게 느껴졌다. 그러나 언젠가 반드시 온다. 그때 나는 어떤 사람이 되어 있을까. 아카리는 어떻게 살고 있을까.

"서른 살이라……. 제대로 된 어른이 돼 있을까?"

그렇게 입을 뗀 순간 정체 모를 불안이 부풀었다. 그러나 아카리는 망설임 없이 단언했다.

"타카키는 그렇게 될 거야."

확신에 찬 목소리였다. 그 눈을 똑바로 응시할 만큼의 자신감을 지니지 못한 나는 농담인 듯, 하지만 어딘가에 진심을 담아 말했다.

"만약 한심한 어른이 돼 있다면 2009년에 지구가 멸망해도 좋아."

가볍게 말하려고 했는데 목소리가 눈 속에 무겁게 떨어졌다.

아카리의 웃음이 다정하게 그 무거움을 갈랐다.

"그럼 약속해. 그때 여기서 만나기로."

"진짜?"

"만약 타카키가 서른 살에 한심한 어른이 돼 있다면 여기서 함께 지구 멸망을 맞이하자."

"알았어. 다음에는 절대 늦지 않고 7시에 올게."

"그게 아니고."

아카리는 또 웃었다.

"2009년에 지구는 멸망하지 않을 거고 타카키도 제대로 어른이 돼 있을 거라고."

"……그렇게 되면 좋겠지만." 나는 그저 이렇게 대답할 수밖에 없었다.

우리는 벚나무 쪽으로 걸어갔다. 천문 수첩 편지에 아카리가 마음에 들어 하는 장소라고 적은 커다란 벚나무. 그 가지에는 꽃이 아니라 눈이 쌓여 있었다. 그 밑에 서서 우리는 조용히 고개를 들었다.

눈이 흩날려 떨어진다. 마치 꽃잎 같았다.

초등학교 하굣길에서 아카리가 벚나무를 올려다보며 한 말을 떠올린다. 그에 답하듯 아카리가 같은 말을 한다.

"꼭 눈 같네."

그 눈동자 속에 수많은 언어가 흔들리고 있음을 안다.

하지만 그 어떤 말도 부족하다. 이 순간을 넘어서는 말은 없다.

우리는 이제는 그럴 수밖에 없다는 듯, 더는 거리를 두지 않으려는 듯 얼굴을 맞대고 입을 맞췄다.

그와 동시에 깨닫고 만다. 그다음은 헤어짐이라는 것을. 이 사실을 알아 버린 우리는 서로를 꼭 안았다. 하지만 시간은 멈춰 주지 않았다.


벚나무 근처 헛간에서 담요를 두른 채 밤새워 첫차를 기다렸다.

눈은 밤사이 모습을 바꾸어 아침이 되자 조각처럼 단단해

졌다. 하늘은 파랗게 개어서 어젯밤과는 전혀 다른 세계가
펼쳐져 있었다.

우리는 하얀 입김을 불면서 열차가 올 때까지 아무 말도
하지 않았다.

헤어지는 순간은 허무했다.

마지막으로 무슨 말을 건넬지 내내 생각했는데. 열차가 플
랫폼에 들어오는 소리에 재촉당한 듯 나는 그저 "그럼."이라
고만 하고 열차에 올라타고 말았다.

돌아보니 아카리가 그대로 서 있었다.

역광을 받아 얼굴이 잘 보이지 않았다.

그녀 뒤로 펼쳐진 하늘은 눈부실 정도로 밝았다. 발차 벨
소리에 맞춰 새 한 마리가 날아오르는 게 보였다.

"타카키!"

그 목소리에 고개를 든다.

아카리가 계속 뭐라고 말했다.

그 목소리를 분명히 들었을 터였다.

그러나 아무리 생각해도 무슨 말을 들었는지 도무지 생각
나지 않는다.

역광이라 얼굴이 보이지 않았던 것도 사실인지 모르겠다.

아침 하늘의 색이나 새의 모습도 어쩌면 기억이 멋대로

만들어 낸 것일지 모른다.

다만 한 가지는 확실했다.

마지막으로 아카리는 말을 주었다.

소중하고 잊어선 안 되는 말이었다.

그런데 나는 어느새 그것을 잊고 말았다.


그날 아침의 광경이 눈과 함께 수없이 떠오른다.

열차의 흔들림에 몸을 맡긴 채 눈을 감았다.

지금 나는 16년 전과 같은 길을 다시 따라가고 있다. 딱히 지구 멸망을 바라는 건 아니다. 한심한 어른이 되었다고 비관에 빠진 것도 아니다.

그렇다면 왜.

나 자신도 잘 설명할 수 없다.

그 무렵의 일이 지금의 내게 어떤 의미를 주는지, 혹은 여전히 소화되지 않은 채 남아 있는지.

틀림없이 그것을 확인하러 가는 것이리라.

아니…… 그것도 아닌 것 같다.

답을 내지 못한 채 눈을 뜬다.

차창 너머에는 그날과 마찬가지로 눈이 내리고 있다. 다만 아카리도 나도 그때와는 다른 시간 속에 있다. 그리고 열차는 멈추지 않고 시간표에 따라 막힘없이 나아갔다.

도치기현에 들어설 무렵 눈은 비로 바뀌었고 이와후네역에 도착하자 비가 그쳤다. 살짝 흐린 하늘이 저녁에서 밤으로 점점 짙어지고 있었다.

시계는 18시 30분을 가리키고 있다.

스이카(선불형 교통 카드 - 옮긴이 주)를 대고 개찰구를 나오니 아무도 없는 대합실이 조용히 자리 잡고 있었다.

그곳에서 벚나무까지의 거리는 기억나지 않는다. 역을 나온 뒤의 풍경도 기억에 거의 남아 있지 않았다. 그날 밤 눈에 비친 모습은 어두운 밤의 검은색과 발밑 눈의 하얀색뿐이라 그저 오른쪽으로 걸어갔던 감각만이 어렴풋이 남아 있다.

발견할 때까지 찾아보자. 각오와 달리 벚나무는 너무나 쉽게 눈앞에 나타났다. 놀랍게도 가지마다 한가득 꽃이 피어 있었다. 벌써 3월 말이니까 그리 불가사의한 일은 아니다. 그러나 눈 속을 빠져나온 터라 벚꽃이 피어 있는 광경은 전혀 예상하지 못했다.

그날처럼 나무 밑에 서서, 그러나 그날과 다르게 혼자 조용히 고개를 들었다.

나뭇가지를 장식한 벚꽃이 차가운 바람에 흔들렸다.

꽃잎이 하늘하늘 위에서 떨어진다.

"꼭 눈 같네."

아카리의 목소리가 되살아난다. 멀면서도 가깝다. 마치 지금도 바로 옆에 서 있는 듯했다.

시계를 본다. 18시 59분.

약속한 2009년 3월 26일 19시 00분까지 얼마 남지 않았다.

가슴속에 긴장의 소리가 내달린다. 손가락이 차가워지고 호흡이 얕아진다.

눈을 감았다.

떨어진 차가운 꽃잎이 뺨을 스쳤다고 생각했다.

그러나 꽃잎이 아니었다.

눈을 뜬다.

뺨에 닿은 것은 눈이었다.

벚꽃 잎과 눈이 동시에 하늘하늘 하늘에서 떨어진다.

초속 5센티미터.

어떤 예감이 들어 살며시 고개를 돌렸다.

심장이 쿵 뛴다. 천천히 시야가 열린다.

그곳에는 아무도 없었다.

눈에 비친 풍경은 그저 어둠이었다. 빛의 기운조차 없는

심해와 같은 암흑.

지구도 멸망하지 않았다.

흩날리는 꽃잎과 눈에 16년 전의 잔향을 찾아봤지만 거기에는 아무것도 없었다.

줄곧 달려온 미래라는 시간의 끝에는 아무 일도 일어나지 않았다. 아무 일도.

유일하게 남은 건 무서울 만큼의 정적이었다.


한동안 그 자리에서 움직이지 못했다.

그러나 그마저도 오래가지 않는다. 발밑의 감각이 조금씩 현실로 돌아온다. 바람의 찬기, 구두 속의 습기, 우두커니 서 있어서 굳어 버린 무릎의 뻑뻑함. 몸이 먼저 일상을 불러낸다. 그 자리를 떠나 역으로 돌아오는 길을 걸었다. 올 때보다 거리의 집들이 확실히 보였다. 물론 그곳에 특별한 느낌은 없었다. 아카리로 이어질 예감은 어디에서도 느낄 수 없었다.

역 대합실에 지역 사람 몇이 앉아 있었지만 누구도 이쪽을 신경 쓰지 않는다.

스이카를 대고 개찰구를 통과했을 때와 같은 플랫폼에 선다. 조금 늦게 도착한 상행선 열차에 탔다. 문이 닫히고 창밖의 풍경이 미끄러지듯 멀어진다.

그저 기계적으로 도쿄로 돌아간다. 뭔가를 돌아볼 감정은 어디에도 남아 있지 않은 듯했다. 그럼에도 아직 이 현실 속에서 아주 조금이라도 있을 의미를 찾고 싶어 여기에 왔다. 그것이 어떤 우주적인 준비였다고 믿고 싶어서. 그 증거를 마음 어딘가에서 매달리듯 찾고 있었다.

"무슨 일 있었어요? 얼굴이 좀 변한 것 같아요."

오가와 관장이 새 프로그램 테스트를 끝낸 뒤 말했다.

이후 며칠 동안 나는 죽어라 움직였다.

그날 이와후네의 벚나무 아래에서 아무것도 얻지 못했다. 그래서 더욱 생각하기를 멈추는 대신 멈추지 않기만을 선택해 묵묵히 일에 집중했다.

다만 예전처럼 뭔가로부터 도망치기 위한 몰두와는 조금 달랐다. 조금씩 일상의 운영에 리듬이 생기는 방법이었다. 아침에 정해진 시간에 눈을 뜨고, 아침을 먹고, 과학관까지 버스를 타지 않고 걸어갔다. 걸으면 땀과 함께 쓸데없는 것들이 빠져나가는 듯했다. 일이 끝나면 곧장 퇴근해 저녁을 짓고 기분 좋은 피로와 함께 날짜가 바뀌기 직전에 잠든다.

그런 일상을 관장에게 일일이 설명할 수 없어서 그럴듯한 이유를 찾는다. 그러고 보니 얼마 전에 서른 살이 되었다는 사실이 떠오른다.

"뭐가 있다면 서른 살이 됐다는 거겠죠."

그렇게 대답하니 관장이 부드럽게 말했다.

"축하합니다. 나이에 추월당하지 않고."

겸손이 아니라 진심이었다.

중요한 타이밍을 경계로 뭔가를 시작하려고 했다. 러닝, 영어 회화, 기타. 한참 생각한 끝에 결국은 담배부터 끊기로 했다. 지금의 나로서는 시작하는 것보다 그만두는 게 더 분명해 보였다.

관장은 잠시 생각하고 조용히 말을 꺼냈다.

"서른 살이 되면 지구를 한 바퀴 돈 거랍니다. 살아만 있어도 그 정도를 나아간 거죠."

─나아가다.

생각해 보면 나는 내내 '실감'에 허덕였다.

아카리와 함께한 시절에는 그 실감이 과하다 싶을 만큼 많았다.

아무것도 아닌 말이라도 그녀의 반응과 공명했고, 때론 당혹스러울 만큼 곧바로 감정이 흔들렸다. 같은 시간과 장소를 공유한다는 확실한 감각. 어제와 오늘과 내일이 쭉 이어진다는 실감. 하루하루가 다 내 것임을 곁에 있는 아카리를 통해 언제나 느낄 수 있었다.

그러나 어른이 되면서 그런 실감을 서서히 잃어 갔다. 정신을 차려 보니 아무것도 따라잡을 수 없는 초조함만이 늘 곁에 있는 듯했다.

그래도 그 무렵의 일들을 놓지 못했더라도 나 역시 나름대로 걸어왔을지 모른다. 멈추지 않고. 그저 깨닫지 못했을 뿐 떠다니듯 나아갔을지 모른다.

"저……, 갑자기 이런 말 꺼내면 이상할 수도 있는데."

망설이면서 말을 꺼냈다.

"잠깐 이야기를 해도 될까요?"

관장은 놀라지도 않고 이쪽을 봤다.

"일 얘기가 아니라…… 제 얘기인데요."

만약을 위해 그렇게 덧붙이자 관장은 다 안다는 얼굴로 고개를 끄덕였다.

"물론이죠."

어떻게 이야기를 시작해야 할까 아직 이야기를 정리하지도 못했다.

그러나 돌이킬 마음은 없었다.

"옛날에 어떤 사람과 약속했어요. 2009년 3월 26일에 지구 종말을 함께 맞자고."

관장은 살짝 맞장구쳤을 뿐 아무 말도 하지 않았다. 그 조용한 침묵이 다음을 재촉하듯 느껴졌다.

"벌써 16년 전 약속이라……. 솔직히 '약속'이라는 말을 제대로 했었는지도 모호합니다. 그 사람과는 그 뒤로 전혀 만나지 못했고요. 상대방은 이미 잊었을 겁니다."

일단 숨을 들이마신다. 가슴에 맺힌 소란스러움이 커졌으나 그냥 계속했다.

"그래도 혹시나 해서…… 그날 약속 장소에 갔습니다."

그때의 광경이 뇌리에 떠오른다.

벚꽃 잎, 눈, 암흑뿐인 공간. 생각할수록 호흡이 가빠진다.

"그 사람은 오지 않았습니다. 물론 지구도 멸망하지 않았고, 아무 일도 일어나지 않았습니다."

목구멍 속에서 말문이 막힌다. 그래도 해야 할 이야기가 남아 있다.

"돌아오는 열차에서 계속 생각해 봤습니다. 왜 나는 그 장소에 갔을까. 뭘 하고 싶었던 걸까."

질문이 말이 되어 다시 내 가슴으로 돌아온다.

"드디어 알았습니다."

무릎 위에서 주먹을 쥐었다. 도망치지 않으려고, 내 말을 꼭 잡으려고.

"저는 그 사람과 한 번 더 얘기하고 싶었던 겁니다."

생각과 말이 완전히 일치하는 순간이었다.

마치 먼 우주 저편에서 탐사선이 정확히 궤도에 오르듯 오차는 전혀 없었다.

"내용은…… 뭐든 상관없습니다. '오랜만이야'라거나 '잘 지냈어?'라도. 어쨌든 딱 한 번만 말을 걸고, 그 사람에게 한 마디라도 좋으니까 무슨 말이든 듣고 싶었습니다."

그것뿐이었다.

그것뿐이었는데.

입술이 살짝 떨리기 시작했다.

"……관장님, 전에 말씀하셨죠. 사람은 평생 5만 단어 이상의 말과 만난다고."

"그랬죠."

"저는 그만큼의 말들이 필요 없어요. 제게 정말 소중한 말을 제대로 기억하는 것만으로 충분해요. 그런데 잊어버렸어요. 어디에도 남아 있지 않아서……."

거기까지 얘기한 뒤로 더는 목소리가 나오지 않았다.

그때 관장이 조용하면서도 또렷하게 말했다.

"눈이 왔던 날 똑같은 약속 이야기를 한 분이 있었어요."

나도 모르게 고개를 든다.

관장은 내가 앉은 옆자리를 가리켰다.

"저기 앉아 있었어요. 그렇지만 그분은 '안 가겠다'고 했죠."

무슨 말인지 바로 이해되지 않았다.

"그분은 바라고 있었어요. 상대가 그 약속을 잊어버렸기를."

사고가 정지했다.

시야 끝으로 문득 아카리와 비슷한 기척을 느꼈다.

"옛날 일은 떠올릴 수도 없을 만큼 행복하게 살기를 바란다고 말했죠."

그 말이 귀에 닿는 순간 기억 저 깊은 곳에서 뭔가가 분명히 이어졌다.

나는 그날 첫차 안에 있었다.

플랫폼에 아카리가 서 있다.

역광이 아니다. 또렷하게 얼굴이 보인다.

분명히 내 눈앞에 서 있다.

그때 목소리가 지금 여기서 관장의 말과 겹친다.

"그 사람이라면 잘 지낼 거예요."

관장의 목소리일 텐데 귀에 닿는 목소리는 틀림없이 아카리의 것이었다.

"타카키."

이름을 부르는 그 목소리의 기억에 참지 못하고 눈물이 흐른다.

그때 나는 울지 않았다.

우는 건 지금의 나다.

생각났다.

줄곧 기억하지 못했던 마지막 말.

"타카키는 잘 지낼 거야. 분명 앞으로 잘 지낼 거야, 꼭!"

아카리는 마지막으로 그렇게 말해 주었다.

맞다.

나는 '잘 지낸다는 것'의 의미를 찾아왔다.

누군가에게 그 말을 듣고 싶었다.

드디어 목소리가 나왔다.

"그 사람은 잘 지내던가요?"

관장이 말하는 상대가 아카리라는 확증은 없다. 그러나 이제는 아무래도 상관없었다.

관장은 말했다.

"네, 아주 잘 지내더군요."

그것만으로 충분했다.

## 제10장

'우주에 남기고 싶은 한마디' 전시 패널 앞에 선다.

이번 주를 마지막으로 패널은 철거되고 다음 주부터는 '생물의 환(環) 세계'라는 새로운 전시가 시작된다.

그전에 한 번만 더.

메모지에 적힌 무수한 말들을 하나하나 눈으로 좇는다.

초등학생이 썼을 메시지들을 읽고 있자니 어떤 기억이 떠올랐다.

초등학생용 과학 잡지에는 보이저에 실린 골든 디스크를 본뜬 부록이 붙어 있었다. 파란 비닐로 만들어진 팔랑팔랑하는 원반을 아카리의 아버지 방에 있던 턴테이블에 올리니 소리가 나왔다.

나와 아카리는 귀를 기울였다.

빗소리. 파도 소리. 열차 소리. 세계 각국의 인사.

일본어 메시지는 이랬다.

〈안녕하세요. 잘 지내세요?〉

당시의 우리에게는 그 말이 좀 불가사의했다.

만난 적도 없는 누군가에게 '처음 뵙겠습니다'라는 인사가 아니라 '잘 지내세요?'라고 묻는 게 어딘가 어색했다. 그것은 언젠가 만날 지인에게 건네는 말 같았다.

그러나 지금은 안다.

'잘 지내세요?'라는 말은 틀림없이 기도에 가까운 말일 것이다.

닿을지 모를 누군가에게 닿기를 바라는 다정한 물음.

부디 잘 지내기를.

부디 살아 있어 주기를.

그런 소소한 희망을 실어 우주에 보낸 메시지.

나는 이미 받았다. 16년 전에.

그 이상의 말을. 아카리로부터.

"타카키는 잘 지낼 거야. 분명 앞으로 잘 지낼 거야, 꼭!"

나에게는 그 말이 골든 디스크였는지 모른다.

시간과 거리를 넘어 언제나 부를 수 있는 단 하나의 소중한 소리.

아카리는 틀림없이 지금도, 앞으로도 내 안에서 사라지지 않는 빛으로 그 말을 선택했을 것이다.


어른이 된 후 나는 잡담이 싫었다. 의미 없는 말을 나눌 때마다 내 내면이 깎여 나가는 느낌이 들었다.

그래서 언제나 속내를 드러내지 않았다.

누군가를 상처 입히고 싶지 않아서라기보다 내가 상처 입고 싶지 않았다. 소중한 것일수록 말로 하면 마음이 제대로 닿지 못할 것 같았다. 그렇다면 아예 입을 다물면 된다. 전하지 못하는 공허함을 피하려고 아예 말 꺼내기를 거부해 온 것이다.

아카리 때처럼 잘될 리 없어.

그렇게 멋대로 결정하고, 사람과 거리를 두고 내가 말하지 않는 만큼 상대도 말하지 못하게 하는 분위기를 무의식적으로 만들어 냈을 수 있다.

그러나 지금은 다르다.

단 하나의 말에 구원받은 지금은 안다.

그래도 말해 보자.

잘 전하는 게 목적이 아니다. 가령 전해지지 않더라도 그 앞에서 입을 다물어 버리는 나로 돌아가고 싶지 않다.

　발걸음이 가벼워졌다.

　가야 할 장소는 이미 분명했다.

∴

　갑자기 토노에게 연락이 와서 정말 놀랐다. 심지어 문자가
아니라 전화로. 사귈 때도 전화가 걸려 온 적은 손에 꼽을 정
도였다. 지금 보자고, 집 근처까지 왔다고 한다.

　일방적으로 이별 문자를 보낸 사람은 나였다. 토노의 답장
은 없었다. 답장이 없는 게 답장임을 잘 알았다.

　그로부터 반년이 지났다.

　토노가 없는 날들은 예상보다 훨씬 빠르게 일상이 되었다.
아마도 그가 회사를 그만두어 얼굴을 맞댈 일이 없었기 때
문이리라. 문득 솟는 감정이 어쩌다 떠오르는 기억으로 변
할 때까지는 그리 시간이 걸리지 않았다. 그것은 너무 무심
하면서도 또 어이없는 일이었다.

　그럴 때 걸려 온 전화였다.

　빨래를 하다 말고 가볍게 외출 준비를 한 다음 밖으로 나
왔다. 자전거를 타고 가장 가까운 버스 정류장까지 간다.

토노는 이미 와 있었다. 전화를 했을 때부터 거기 있었을 것이다. 그만큼 자연스러운 자세였다.

말을 걸려고 하는데 토노가 먼저 이쪽을 보고 말했다.

"오랜만이야."

약속 장소에서 먼저 목소리를 내는 사람은 언제나 나였다.

대화를 시작하는 사람도 언제나 나. 그는 거기에 응할 뿐이었다.

어쩐지 그것이 애정의 온도 차라고 느껴졌었다. 그러나 지금은 그 작은 낙담에서 조용히 해방되었다.

반년 만에 보는 토노는 전보다 조금 가벼워 보였다.

"이거 내내 갖고 있었네. 미안해."

접이식 우산을 건넸다.

빌려줬다는 사실조차 잊었던 우산을 버리지 않고 계속 갖고 있는 그의 성격을 잘 알고 있다.

"뭐 하러 일부러. 고마워."

"응."

그것만으로 우리에게는 충분한 대화였다.

우산이라는 단순한 변명으로 나를 만나러 온 것, 그리고 그 안에 있는 마음은 언어로 표현하지 못해도 제대로 전해졌다.

오랜만에 연락을 받고 당황했는데 지금은 묘하게 이해가 간다. 우리에게 이 반년은 필요한 시간이었다.

버스가 왔다.

배웅하면 틀림없이 어색해할 것 같아서 내가 먼저 자리를 떠나기로 했다.

"잘 가."

그렇게 말하고 토노를 등지고 자전거를 향해 걷기 시작한다. 뒤에서 버스가 출발하는 소리가 났다.

"미즈노."

이름을 부르는 소리에 놀라서 고개를 돌리니 토노가 그 자리에 그대로 있었다. 버스는 이미 멀어지고 있는데.

그는 조금 더 다가와 목소리가 닿는 거리에서 멈췄다.

말을 찾고 있는 것이다. 마지막으로 뭔가 말하려는 것이리라. "미안해."라거나 "고마워."라거나 하는 종류의 말을.

그런데 아니었다.

"회사 사람의 이름을 다 기억하는 것,"

"응?"

너무 놀라 되물었는데 그는 단숨에 말을 쏟아 냈다.

"어떤 이야기도 함부로 흘려듣지 않는 것, 애매한 답으로 얼버무리지 않는 것, 중요한 것은 눈으로 말하는 것, 비슷한 사람이라서가 아니라 오히려 나와 전혀 닮지 않은 것이,"

한 번 숨을 쉬고 조금 틈을 둔 다음 토노가 말했다.

"전부 좋았어."

순간 가슴이 벅차올랐다. 눈물이 참을 틈도 없이 흘러나왔다.

기뻤다. 그런데 슬펐다.

"너무 늦었어."

나도 모르게 내뱉었다.

나는 줄곧 이 사람의 말을 듣고 싶었구나.

내가 재촉하고 캐물어 듣는 게 아니라 그의 의지로 그가 먼저 나만을 위해 꺼낸 말을.

그 말을 드디어 토노가 돌려주었다.

사귈 때조차 이토록 기뻤던 적은 단 한 번도 없었다. 그 감정을 지금에서야 느끼게 되었다는 사실이 너무나 슬펐다.

"정말. 너무 늦었어."

같은 말을 하면서 어느새 웃고 있었다. 나는 그의 이런 점을 좋아했다.

그렇지만 그 말까지 하진 않는다.

대신 다른 말을 골랐다.

"아니, 안 늦었을지도. 지금 그 말 다 꼭 기억할게."

토노만 할 수 있는 말을 나는 분명히 받았다.

"고마워. 제대로 말해 줘서."

그는 똑바로 내 눈을 보고 말했다.

"잘 지내."

나는 고개를 끄덕이고 자전거를 탄다.

페달을 밟으며 고개를 드는데 건너편에서 다음 버스가
왔다.

∴

"이 세상에서 가장 어려운 건 좋아하는 사람에게 좋아한
다고 생각하는 순간에 좋아한다고 말하는 거야."

신주쿠교엔의 옆길을 걸으면서 코시미즈 씨가 말했다.

"옛날에 우리 여동생이 한 말이야."

서점 동료들에게 받은 송별 색종이에는 코이즈미 씨의 메
모도 있었다.

〈시노 씨, 아주 좋아해.〉라고 적혀 있었다. 그 솔직함에 기
분이 좋았다고 했더니 해 준 말이었다.

나는 어땠을까.

좋아하는 사람에게 좋아한다고 제대로 말했을까.

서로 생각하는 것.

서로 이해하는 것.

서로 보듬는 것.

함께 있는 것.

그 모든 게 한순간에 갖춰지는 일은 거의 없을 것이다.

그래서 말할 수 없다.

그래서 무섭다.

'좋다'는 말은 너무 어렵다. 적어도 그 무렵의 내게는 그랬다.

용기가 부족했던 건 아니다. 다만 그리워하는 게 늘 말보다 깊고 멀게 느껴졌다.

'좋다'는 말은 기도와 아주 비슷하다.

볼 수 없고, 헤아릴 수 없고, 전달할 수 없다.

언젠가 어디선가 누군가의 무엇을 슬쩍 비추고 있으리라고 믿고 싶을 듯한 조용한 빛과 같다.

나는 내일 남편과 멜버른으로 떠난다.

그전에 딱 한 번만 보자고 생각했다.

벚꽃 잎이 떨어지는 속도를.

나는 그리운 열차 건널목을 그 무렵과는 다른 쪽에서 빛이 드는 쪽으로 건넜다.

# 제11장

벚나무 아래를 걷고 있었다.

바람은 없는데 꽃잎이 훌쩍 흔들리면서 떨어진다. 빛을 받아 투명해진 한 장, 한 장이 더 가볍게 느껴졌다.

앞쪽에서 열차 건널목의 차단기 소리가 울리기 시작한다. 그 소리가 어딘가 익숙한 신호처럼 들렸다. 선로를 건넜을 때 누군가를 스쳐 지나갔다. 얼굴까지 보지는 못했다. 아주 살짝 어깨가 스치는 기척만이 그곳에 있었다.

돌아보니 열차가 통과하고 있다.

여러 개의 빛의 창이 지나간 날들을 쓰다듬듯 빠져나간다.

곧 반대쪽에서도 열차가 다가와 같은 속도로 스치고 순식간에 멀어졌다. 마침내 모든 열차가 지나가고 가려졌던 건

너편이 천천히 모습을 드러냈다.

앞을 봤다.

더는 뭔가를 찾을 생각은 없다.

하늘은 부드럽게 밝았고, 쏟아지는 꽃잎은 빛을 휘감고 나풀나풀 흔들리고 있다.

그 속도는 초속 5센티미터.

그 말도 조용히 가슴에 내려앉았다.

─분명히 잘 지낼 거야. 앞으로도.

나는 다시 걷기 시작한다.

돌아보지 않고 그저 내 발소리만을 따라.

걷다 보면 틀림없이 어디든 갈 수 있다.

## 에필로그

내일 만나면 직접 전하려고 했는데 만약 말할 수 없을 경우를
대비해 지금 이 편지를 씁니다.
어른이 된다는 게 구체적으로 어떤 것인지
나는 아직 잘 모릅니다.
그러나 언젠가 아주 먼 미래의 어딘가에서 우연히 아카리를
만나더라도 부끄럽지 않은 사람이 되고 싶습니다.
그것만은 아카리에게 약속하고 싶어요.
아카리가 늘 좋았습니다.
부디, 부디 잘 지내기를.
안녕.

토노 타카키

달이 빛나 보이는 건 태양광의 반사 때문이라고 전에
타카키가 알려 줬는데 기억하나요?
그 말을 들었을 때 마치 타카키와 나 같다고 생각했습니다.
나는 아카리라는 내 이름의 울림을 좀곧 좋아하지 못했습니다.
전학을 다닐 때마다 어두운 아이로 여겨지는 바람에
이름과 내가 어울리지 않는다고 생각해서 부끄러웠어요.
그래서 타카키가 나와 함께 있으면 밝아진다고 말했을 때
정말 기뻤습니다.
그때 타카키가 해 준 말이 지금도 나를 밝게 만듭니다.
타카키는 내 태양이었습니다.
타카키의 말과 '아카리'라고 불러 준 그 목소리로 말미암아
나는 강해졌습니다.
타카키가 좋았습니다.
지금까지 늘 고마웠어요. 잘 지내요.

시노하라 아카리

# 초속 5센티미터 *the novel*

2026년 2월 13일 1판 1쇄 인쇄 | 2026년 2월 27일 1판 1쇄 발행

원작 신카이 마코토 | 지은이 스즈키 아야코 | 옮긴이 민경욱
발행인 황민호 | 사업본부장 박정훈 | 편집기획 신주식 김선림 최경민 윤혜림 | 디자인 ALL
마케팅 이승아 | 국제판권 이주은 김준혜 | 제작 최택순 성시원 진용범
발행처 대원씨아이(주) | 주소 서울특별시 용산구 한강로 3가 40-456
전화 (02)2071-2018 | 팩스 (02)749-2105 | 등록 제3-563호 | 등록일자 1992년 5월 11일

www.dwci.co.kr

ISBN 979-11-423-4635-4 03830